천마사냥꾼

운경 현대 판타지 장편소설

WISHBOOKS MODERN FANTASY STORY

천마사냥꾼 15

운경 현대 판타지 장편소설

초판 1쇄 찍은 날 | 2018년 10월 24일
초판 1쇄 펴낸 날 | 2018년 10월 31일

지은이 | 운경
펴낸이 | 예경원

기획 | 위시북스
편집책임 | 이규재
편집 | 위시북스

펴낸곳 | 예원북스
등록번호 | 제396-2012-000132호
등록일자 | 2012. 7. 25
KFN | 제1-325호

주소 | 경기도 고양시 일산동구 호수로 646-24 위너스21Ⅱ빌딩 206A호 (우)10401
전화 | 031-819-9431 팩스 | 031-817-9432
E-mail | yewonbooks@naver.com

ⓒ운경, 2017

ISBN 979-11-89450-73-1 04810
　　　979-11-6098-441-5 (set)

천마사냥꾼

운경 현대 판타지 장편소설

WISHBOOKS MODERN FANTASY STORY

15

Wish Books

천마사냥꾼

CONTENTS

제54장
Aftermath(2)

3

한중 간의 전후 처리는 신속하게 진행되었다.

중화당은 신북경의 혼란이 가라앉자마자 한국 정부의 수뇌부를 초청했다. 권창수와 김성렬, 임성욱이 이에 응하여 신북경으로 향했다.

지하 도시 바깥 상공에 띄워진 비행선 위에서 양국 수뇌부의 회동이 이루어졌다.

"이번 신북경 사태에 심심한 위로를 전합니다."

"사람을 무안하게 만드시는군요."

권창수의 인사말에 쓴웃음을 지으며 대꾸하는 중년인은 본디 심인평 다음 가는 중화당 내 핵심 인사였으며, 현재는 임시 주석직을 맡고 있었다. 그의 이름은 조군동이었다.

이 전쟁을 시작한 것은 중국이다. 자신들이 사과했으면 했지 한국 측의 위로를 듣는다는 건 가당치도 않았다. 그런데도 권창수가 저런 말을 꺼낸 이유는 간단했다. 상호 간 우열을 확실히 하자는 것이다. 더 이상 한국은 중국의 눈치를 보는 약소국이 아니란 선언과도 같았다.

'그러나 그 또한 우리의 업보…… 인가.'

쓴웃음이 절로 났지만 어쩔 수 없었다. 조군동을 비롯한 중화당의 정치인들에게 있어 한국은 구세주나 다름없었다.

"이렇게 여러분을 초청한 이유는 서로의 앙금을 말끔히 씻어내자는 취지에서입니다."

"그 뜻에 깊이 공감합니다. 쉬운 일은 아닐 테지만요."

"그렇소, 쉽지 않은 일일 것이오."

쓸쓸히 대꾸한 조군동이 본론으로 들어갔다.

"아무래도 배상금 문제가 급선무일 듯하군. 중화당은 한국 측의 요구를 무조건적으로 수용하겠소."

"우리가 덤터기를 씌울 거라고는 생각하지 않으십니까?"

"우리의 무능으로 촉발된 전쟁이오. 게다가 끝맺음도 우리의 몫이 아니었지. 처음부터 끝까지 천무맹에 휘둘리기만 한 우리를 구해준 것은 여러분이오. 부디 관대한 처분을 바랄 수밖에."

"……."

저자세로 나오는 조군동의 태도에 내내 냉랭한 태도로 앉아 있던 김성렬조차도 당황할 정도였다.

'과연 정치 짬밥이 한두 해가 아니라는 거군.'

권창수는 내심 쓴웃음을 지었다. 일견 비굴하게까지 보이는 모습이었지만, 저렇게 나오는 쪽이 뻗대고 맞서는 것보다 오히려 상대하기 버거웠다.

"배 쨀 테면 째라는 말씀이오?"

김성렬이 단도직입적으로 물었다.

정치적 세련됨과는 거리가 먼 표현이었지만 조군동은 실소조차 머금지 않았다.

"우리는 여러분에게 명운을 빚진 입장, 어떤 처분이 나오더라도 달게 받아들이겠소."

"가진 것 다 내놓으라고 하더라도? 당신네 전부를 노예로 부려먹겠다고 하더라도 말이오?"

"우리로선 거부하거나 저항할 의사가 없음을 밝히오."

"홍, 어차피 그렇게까지 하진 않을 거라 확신하고 있지 않소?"

"부디 관대한 처분을 바랄 따름이오."

김성렬이 불편한 듯 미간을 찡그렸다.

"이래서 정치꾼하고는 말을 않는 게 낫단 말이지."

권창수가 말을 받았다.

"하면 이렇게 하지요. 우리 쪽에서 최대한 합리적인 배상안을 마련하겠습니다. 확인하신 후에 동의 여부를 밝혀주십시오."

"그러리다."

전쟁 배상 문제는 이로써 일단락되었다. 물론 대략적인 가이드 라인만 정해졌을 뿐, 진짜 교섭은 지금부터라고 봐야 했다.

"그럼 다음 안건으로 넘어가지요. 귀측 역시 일본 정부의 지원 요청을 확인하셨으리라 봅니다만."

"그렇소, 과연 지원할 여력이 있을지는 의문이오만."

"그럼 지금 확실히 말씀드리지요. 이번 마수 정벌에 중국군의 확실한 협력을 요구하겠습니다."

조군동의 눈썹이 꿈틀댔다.

"센다이 사태의 재래가 벌어질지도 모른다, 그렇게 생각하고 계시는군."

"마수를 상대로는 언제나 최악의 상황을 상정해 둬야지요."

권창수는 엄숙한 어조로 말을 이었다.

"일본이 무너지면 다음은 한국과 중국입니다. 놈들은 이미 수년 전에 열도의 절반을 가라앉혔습니다. 다음이 한반도와 아시아 대륙이 되지 않으리란 보장은 없습니다."

"음……."

"차가운 얘기일 수 있으나, 방파제가 무너지기 전에 대책을 세워야 합니다. 파도를 없애진 못하더라도 막아낼 순 있게끔."

"파도의 비유를 빌리자면, 귀측엔 파도를 송두리째 증발시키고도 남을 수단이 있지 않소?"

김성렬과 임성욱은 가능한 무표정을 유지하고자 노력했다. 아직 중국 측엔 적시운의 행방불명 소식이 전해지지 않았던 것이다.

물론 이미 정보가 유출됐을 가능성도 있기는 했다. 다만 조군동의 얼굴만 봐선 유출 여부를 알기가 어려웠다.

"적시운 님은 요양 중입니다. 아무래도 다시없을 혈전을 치른 직후이니까요."

"그렇구려, 가능하다면 직접 만나 감사 인사를 전했다면 좋았을 텐데 말이오."

"그런 걸 반기는 성격이 아닌지라, 그래도 말씀은 전해 드리지요."

"부탁드리리다."

"말이 나왔으니 말입니다만, 천무맹의 현황은 어떻습니까?"

능숙하게 화제를 돌리는 권창수의 모습에 김성렬과 임성욱은 내심 안도했다.

천무맹은 사실상 멸망했다. 남궁혁을 중심으로 한 잔당이 남아 있긴 했지만 별 의미는 없다고 보는 게 옳았다.

"백호전주 남궁혁은 전범으로 기소된 상태요. 다만 부상이 깊어 재판 자체는 무기한 연기되었소."

"기소를 한다면 우리 대한민국이 하는 것이 이치에 맞다고 생각됩니다만."

"그것을 원하신다면 뜻대로 하리다."

"딱히 그걸 바라서 드린 말씀은 아닙니다. 게다가 그가 전범이 아니라는 건 조 임시주석께서 더 잘 아시지 않습니까?"

조군동이 고개를 끄덕였다.

"하지만 누군가는 처벌을 받아야 하오. 백진율도 무백도 죽어버린 이상, 살아 있는 누군가는 천무맹의 죄업을 짊어져야만 할 것이오."

"……"

회동은 반나절을 꼬박 소모하고서야 끝났다.

회의장을 빠져나왔을 때 김성렬과 임성욱은 이미 정신적으로 탈진한 상태였다. 몇 마디 꺼내지도 않았는데도 그 정도인데, 내내 대화를 주도하고도 멀쩡한 권창수가 신기할 따름이었다.

"괜찮은 게요?"

"좀 피로하긴 하지만 괜찮습니다."

김성렬의 물음에 권창수가 대답했다.

"역시 경험 많은 정치인은 보통이 아니더군요. 조군동 임시 주석에겐 정말 감탄했습니다."

"내게는 교활한 늙은 여우로밖에 보이지 않았소만."

"그쪽 계열이긴 하더군요. 그래도 당장은 우리에게 어떠한 위해도 가할 수 없을 겁니다. 자기네 보신을 하기에도 버거울 지경일 테니까요."

"흠……."

"천무맹이 세력을 보존한 채 고스란히 중화당에 넘어갔다면 위험했을지도 모릅니다만, 이제는 아닙니다."

백호전이 남아 있다고는 하나 천무맹 전체와 비교하자면 미미한 수준으로 주작전에 천마신교까지 보유한 한국에 비할 바는 결코 아니었다. 무학의 무게 추는 한반도로 완전히 쏠렸다. 재래식 전력을 제외한다면 중국은 더 이상 한국에 비할 수 없을 만큼 쇠퇴한 상태였다.

이제 당면 과제는 일본이다. 물론 그전에 적시운의 행방을 확인하는 게 급선무였다.

짧은 대화를 마친 차수정은 반나절을 더 혼절해 있었다.

그녀 또한 육체와 정신 양면으로 무리를 한 까닭에 신체가

쇠약해져 있었다. 이튿날이 돼서야 그나마 몸을 움직일 정도
가 되었다. 자리를 털고 일어난 차수정은 그제야 자신이 있는
곳을 확인할 수 있었다.

"……."

끝없이 펼쳐진 황사의 땅.

그녀가 누워 있던 거암 아래 그늘을 제외하면 그림자 하나
발견하기 힘들었다.

"깨어났군."

차수정이 홱 고개를 돌리자 성견만 한 크기의 전갈을 들고
있는 천마가 보였다. 아마도 사막의 마수 중 하나인 샌드 스콜
피온(Sand Scorpion)인 듯했다.

"그건……."

"아침 식사 거리다. 마수라는 놈들이 살점 하나는 많아서
좋더군."

"먹어도 괜찮은 건가요?"

"괜찮으니까 네가 살아 있는 것 아니겠느냐."

"네?"

천마는 대답 대신 그녀의 발치를 가리켰다. 삭월의 파편을
휘어서 만든 그릇에 마른 국물이 눌어붙어 있었다.

"이건……?"

"떠먹이느라 고생 좀 했지. 고마운 줄 알거라, 네가 적시운

의 여자가 아니었다면 팽개치고 갔을 게다."

"……."

차수정은 복잡한 심경에 침묵했다.

대형 전갈을 아무렇게나 패대기친 천마가 허공에 손가락을 휘저었다. 귀찮음에 대강 휘젓는 것 같은데도 전갈의 갑각이 깔끔하게 발려 나갔다.

"왜 한국으로 곧장 돌아가지 않은 거죠? 저 때문인가요?"

질문하면서도 차수정은 이상하다고 생각했다. 천마쯤 되는 이가 그녀 하나를 데리고서 한국까지 날아가지 못할 이유는 없었던 것이다.

"굳이 이유를 찾자면 두 가지가 있겠군."

"어떤 이유죠?"

"우선은 시간을 두고 볼 필요가 있었다. 만약 적시운의 의식이 되돌아올 경우, 그다음에 돌아가는 편이 그냥 돌아가는 것보다는 나을 테니 말이다."

차수정은 고개를 끄덕였다. 천마에 대해 대략적으로나마 알고 있던 그녀조차 당황할진대, 다른 이들의 반응이야 불 보듯 뻔했다.

"그리고 다른 이유 하나는 저 광활한 유사(流砂) 아래에 있다."

"유사 아래라니요?"

"순천자."

천마가 단호히 말했다.

"본좌는 그를 데리고 돌아갈 것이다."

차수정은 순천자에 대해 떠올렸다. 쇠약해진 탓인지 생각만 하는데도 두통이 살짝 느껴졌다.

"그는…… 삭월의 시스템과 하나가 되었었죠. 그런데 아직 살아 있다는 건가요?"

"모른다, 본좌는 양철과 놋쇠로 이루어진 장난감에 대해선 잘 모르니까. 하지만 살아 있을 가능성을 배제할 수는 없지."

천마가 사막의 어딘가를 가리켰다.

"날아다니는 강철 배는 추락하는 과정에서 산산조각이 났지. 그래도 워낙 크기가 거대한지라 꽤 많은 부분이 보존되었다."

"아……."

"문제는 그게 산산이 흩어진 채 추락했다는 점이다. 본좌는 지난 며칠 동안 추락한 조각들을 찾아 헤맸다."

"혼자서 말이군요."

"혼자는 아니지, 네가 있었으니까. 물론 짐밖에 되지 않았지만 말이다."

"죄송해요."

"네가 사과할 일은 아니다. 말했다시피 네 덕분에 본좌가 이 몸을 차지하기도 했고."

"……지금 비아냥대시는 거죠?"

"눈치가 아주 없지는 않군."

담담히 대꾸하는 천마.

어조가 차분하다 보니 농담인지 진담인지 구분이 되지 않았다. 한마디 쏘아붙일까 하던 차수정은 금세 포기하고서 한숨을 쉬었다.

의도야 어떻든 천마가 그녀의 생명의 은인인 건 사실이었다. 그녀가 뭐라고 할 처지는 결코 아니었다.

"이 근처에도 삭월의 파편이 떨어진 건가요?"

"본좌가 기억하는 바로는 그렇다. 한데 아무래도 유사 안으로 빨려 들어간 모양이더군."

"아직 안쪽을 확인해 보시진 않은 거고요?"

"해보았다, 그런데 없더군. 대신 다른 곳과 연결되는 거대한 땅굴이 있었다."

"그렇다는 건……."

"거대한 지렁이인지 뭔지 하는 놈이 집어삼킨 모양이다."

"샌드웜 말이군요?"

"그래, 그거."

천마가 전갈 고기가 듬뿍 담긴 그릇을 내밀었다. 그녀와 대화하는 동안 요리까지 마무리한 것이었다. 내공을 통해 삶아진 고기에선 제법 군침 도는 향이 났다.

"맛도…… 생각보다는 매우 좋네요."

"본좌가 요리한 거니까."

"너무…… 당연하다는 듯이 말씀하시네요?"

"본좌는 천마이기 때문이다."

"……."

뭐라고 대꾸하려던 차수정은 이내 포기하고서 식사에만 열중하기로 했다.

4

식사를 마친 천마는 그늘 밖으로 나섰다. 차수정이 따라나서려 했지만 천마가 손바닥을 내밀었다.

"너는 거기 앉아 회복에만 전념해라. 운기조식을 하는 법 정도는 배웠을 테지?"

"……."

"그러면 거기서 운기조식이나 하고 있거라. 삼화취정을 바랄 수야 없겠지만 아무것도 안 하는 것보다는 낫겠지."

노골적인 초짜 취급에 차수정은 살짝 심통이 났다. 물론 그럴 만한 사람이란 걸 머리로는 이해했지만, 사람의 마음이란 게 그리 논리적일 수만은 없었다.

"시운 선배는 그쪽에 비하면 엄청 친절한 거였네요."

"그쪽이 아니라 천마다. 이젠 좀 외울 때도 되지 않았더냐?"

"못 외워서 이렇게 부르는 거라 생각하세요?"

천마가 미묘한 표정으로 차수정을 돌아봤다.

"건방지기 짝이 없는 계집아이로고……. 적시운은 다 좋은데 너희 같은 여아들에게 물러서 탈이란 말이지."

"정말…… 조선 시대에서 오신 분 같네요."

"그건 또 무슨 소리냐?"

"됐어요, 다녀오기나 하세요. 아무 말 않고 얌전히 기다리고 있을 테니."

"흠."

미묘한 콧소리를 낸 천마가 그늘 밖으로 나갔다.

차수정은 자신이 너무 뻗댄 게 아닐까 생각하며 새삼 후회했다.

"그리고 보면 계속 곁에서 날 간호해 준 것 같은데……."

그녀의 시선이 발치로 향했다. 어디서 구했는지 모를 거즈와 약품들이 눈에 띄었다.

"삭월 안에서…… 찾아낸 걸까?"

쉽사리 믿기 어려운 일이었다. 불에 휩싸여 갈가리 찢겨 나가는 선체 안에서 구급품을 챙길 여유가 있을지 의문이었던 것이다. 하지만 수단이야 어떻든 그녀를 치료해 준 것만은 분명했다. 믿기 어려울수록 미안해지는 기분이었다.

"돌아오면…… 사과해야겠어."

"그럴 필요 없다."

"……!"

차수정은 하마터면 비명을 지를 뻔했다. 언제 되돌아왔는지 천마가 멀뚱멀뚱 바라보고 있었다.

"어, 어, 어……."

"뭐라고 중얼거리는 게냐?"

"언제부터 거기 있었어요?"

"조금 전, 물론 네가 중얼거리는 소리도 다 들었지. 본좌의 청각은 십 리 밖에서 물방울 떨어지는 소리도 감지할 정도거든."

"왜 다시 돌아온 거예요?"

천마가 뭔가를 툭 던졌다. 엉겁결에 받고 보니 손가락 마디만 한 구슬이었다.

"마수 놈들을 잡다 보니 나온 거다. 영단 비슷한 거겠지. 없는 것보다는 나을 테니 운기행공에 쓰거라."

"아……."

멍하니 있자니 천마가 몸을 돌려 걸어갔다.

다급해진 차수정이 급히 입술을 뗐다.

"자, 잠시만요!"

"감사 인사라면 됐다. 너도 일단은 천마신교의 일원, 그 교

주인 본좌가 긍휼히 여기는 것은 당연한 일이다."

말을 마친 천마가 신형을 날렸다.

차수정은 복잡한 심경으로 그가 떠나간 자리를 바라봤다.

과천 특구의 아파트 단지 앞.

헨리에타 일행은 곧장 안으로 들어가지 못한 채 길가를 서성이고 있었다.

"뭐라고 얘기를 꺼내지? 뭐라고 전해야 세연이가 충격을 덜 받을까?"

손톱을 질겅이며 연신 중얼거리는 밀리아를 보고 미간을 찌푸린 채 지켜보던 그렉이 나직이 쏘아붙였다.

"넌 그냥 입 다물고 있는 게 정답이다."

"너 진짜 맞을래?"

"두 사람 다 조용히 좀 해."

헨리에타의 한마디에 두 사람 모두 입을 닫았다.

평소 흔히 보는 말다툼임에도 구태여 쏘아붙인 것은 그녀 역시 심란하기 때문이었다.

"우선은 시운 님의 언니분께 먼저 말씀드리는 게 낫지 않을까요? 우리가 설명하는 것보단 그편이 세연 님에게도 좋을 것 같은데요."

"좋은 생각이야, 아티샤. 그렇게 하자, 헨리에타. 응?"

"수린 언니한테 부담을 떠넘기자는 거야?"

"아, 생각해 보니 그렇게 되는구나."

밀리아가 그녀답지 않게 어깨를 움츠렸다.

"그럼 이제 어쩌지?"

"무엇을요?"

"……!"

일행이 화들짝 놀라 고개를 돌렸다. 식료품이 가득 찬 비닐
봉투를 든 적세연이 비상식량과 함께 서 있었다.

"놀라셨어요?"

방긋 웃으며 묻는 적세연.

어안이 벙벙해진 일행이 서로를 돌아봤다.

"어, 어떻게?"

"요즘 현준 오빠한테서 기척을 죽이는 법을 배우고 있거든
요. 싸우는 방법보다도 요긴하게 쓰일 거래서요."

"하지만…… 네 냄새도 안 났는데?"

"방향제를 뿌렸거든요. 요즘 얘한테서 나는 냄새가 심해서
요."

비상식량이 불만스레 고개를 털었다. 안 그래도 성견만 하
던 몸뚱이는 못 본 사이에 더 자라 있었다. 과장을 조금 보태

송아지만 한 크기에 헨리에타 일행은 살짝 질렸다.

"똥개가 엄청 컸네?"

으르르르.

말귀를 알아듣기라도 한 듯 비상식량이 송곳니를 드러냈다. 그러자마자 적세연이 녀석의 귀를 잡아당겼다.

"얌전히 있어."

비상식량이 으르렁거림을 멈췄다.

"네 말은 잘 듣네?"

"그렇지만도 않아요. 주인님 말씀이라 따른다기보다는 귀찮으니까 그냥 들어준다는 느낌이라서요."

"허."

"얘가 요 근래에 너무 커버려서 큰일이에요. 이만한 애를 아파트에서 키우기엔 좀 그렇잖아요?"

"그, 그건 그렇지."

"그래서 오빠가 돌아오면 이사를 할까 생각 중이거든요."

움찔!

누가 먼저랄 것 없이 몸을 들썩이는 일행.

밀리아는 그렇다 쳐도 그럭까지 움찔거릴 정도니, 그들이 느낀 당혹감이 보통 큰 게 아니란 걸 알 수 있었다. 적세연이 눈치채지 않기를 바랐지만 반응이 너무 적나라했다.

과연 그녀의 표정에 희미한 그림자가 드리웠다.

"오빠는 함께 돌아오지 못했나 보군요."

헨리에타는 깊이 한숨을 내쉬었다. 이제 와서 얼버무려 봐야 소용없다는 건 누구보다도 잘 알고 있는 그녀였다.

"거짓말은 하지 않을게. 그런 건 배려를 가장해 상처를 주는 짓밖에 되지 않을 테니."

"저도 솔직하게 말씀해 주시는 쪽이 편해요."

헨리에타는 가감 없이 현재 상황을 설명했다.

적시운과 무백 간의 전투, 고비 사막까지 넘어가 버린 삭월과 그 흔적들, 대대적인 수색이 불가능한 현황 등등 불필요해 보일 정도로 세세하게 모든 것을 설명했다.

모든 설명을 듣고 난 적세연이 입을 뗐다.

"그럼 수정 언니도 함께 행방불명된 건가요?"

"응……."

"큰일이네요. 수혁이한테 어떻게 설명해야 할지……."

"응?"

"요즘 자주 연락하거든요. 아무래도 비슷한 입장이었기도 하고, 저한테는 남동생뻘이기도 해서."

헨리에타는 수혁이란 게 차수정의 동생인 차수혁이라는 것을 뒤늦게 떠올렸다.

"수정 언니가 무사했으면 좋겠는데요. 좀 더 수색을 면밀하게 해 달라고 권 의원님한테 부탁할 수 없을까요?"

"적시운…… 은?"

"오빠라면 괜찮을 거예요."

단호하기까지 한 어조로 대꾸하는 적세연이었다.

"예전이라면 몰라도 지금은 걱정하지 않아요. 저하고 약속했거든요. 게다가……."

적세연은 꾸밈없이 밝은 미소를 지었다.

"저는 알 수 있어요. 오빠가 무사히 돌아오리라는 걸."

절로 숙연해지는 분위기.

그렉이 진지하게 중얼거렸다.

"이것이 남매간의 유대라는 건가?"

"그렇게 거창한 건 아니에요. 음, 현준 오빠 말로는 우리 오빠가 괴물이 되었다고 하더라고요. 우리나라에 있는 폭탄을 전부 쏟아부어도 죽지 않을 거라나요?"

밀리아가 끙 하고 신음을 흘렸다.

"백현준…… 그 머저리 자식이."

"너무 나무라진 마세요. 저는 오히려 기뻤는걸요. 음, 어쨌든 오빠가 그만큼 튼튼하다는 뜻이잖아요."

"그렇기는…… 하지. 안 그래, 헨리에타?"

"으, 응."

"그러니까 여러분도 너무 부담 갖지는 않으셨으면 좋겠어요. 저는 괜찮으니까요."

도리어 적세연이 일행을 위로하는 꼴이 되었다. 멋쩍어진 일행이 멀뚱멀뚱 서 있으려니 비상식량이 짧고 날카롭게 짖었다.

"뭐, 뭐야?"

"밥 달라는 거예요. 마침 잘됐네요, 여러분도 같이 드셨으면 좋겠어요."

"그럴까?"

　밀리아의 대답에 비상식량이 으르렁거렸다. 아무래도 자기 몫이 줄어들 거라고 생각하는 모양이었다.

"흥, 네가 그러니까 더 먹고 싶어졌어. 이젠 가라고 해도 안 갈 거야."

크르르르.

"계속 그래 봐. 네 녀석 몫까지 먹어 치울 테니까."

"바보."

　조용히 중얼거리는 헨리에타.

　그래도 마음의 짐을 덜어낸 까닭에 표정은 밝아져 있었다.

　해 질 무렵이 다 되어서야 천마가 돌아왔다.

　정좌한 채 앉아 있는 차수정을 본 천마가 툭 내뱉었다.

"그래도 영 엉터리는 아니로군."

후우우, 길게 호흡을 뱉어낸 차수정이 눈을 떴다.

"시운 선배한테 제대로 배웠으니까요."

"그 정도를 제대로라고 표현해서는 곤란하지. 너도 너지만 본좌가 보기엔 적시운도 아직 멀었다."

"은근히 시운 선배를 얕잡아 보시네요?"

"은근한 게 아니라 대놓고다."

성큼성큼 차수정의 등 뒤로 다가온 천마가 그녀의 웃옷을 걷어 올렸다. 무방비로 있던 차수정이 파랗게 질려선 비명을 질렀다.

"이, 이게 무슨 짓이에요!"

"거참, 시끄러운 계집이로고. 네 녀석을 위한 일이니 가만히 좀 있거라."

천마가 그녀의 등에 손을 얹었다. 발버둥 치던 차수정도 그제야 얌전해졌다.

우우우웅.

손바닥을 통해 흘러들어 오는 뜨거운 기운에 차수정은 자기도 모르게 헛숨을 집어삼켰다.

언젠가 적시운도 펼친 적이 있는 수법, 격체전공이었다. 다만 다소 기운 간 충돌이 벌어졌던 그때와 달리, 천마의 기운은 차수정의 진기를 거스르지 않으면서 경혈을 질주했다.

"아⋯⋯!"

육체에 활력이 샘솟는 기분이었다. 컨디션이 최고조일 때보다도 힘이 넘치는 느낌에 차수정은 깜짝 놀랐다.

"이 정도라면 무공을 펼치는 데에도 무리가 없겠지. 그렇지 않으냐?"

"왜 진작 치료해 주시지 않은 거죠?"

"일시적으로 활기를 불어넣었을 뿐 근본적인 치유가 된 것은 아니다."

"그러면 왜……?"

천마가 손을 뻗어 몇 가지 짐을 들어 올렸다. 염동력을 쓸 수도 있을 텐데 구태여 허공섭물을 고집하는 게, 보통 옹고집이 아니구나 싶었다.

"그 모래 지렁이 놈을 추격할 것이다. 밤새서 찾아봐야 할 것 같으니 너도 함께 가야겠다."

"아."

"안거나 업고 갈 수도 있지만 너 같은 계집들은 대개 빽빽거리더군. 그게 성가셔서 그냥 격체전공을 썼느니라."

"누, 누가 빽빽거린다는 거예요?"

"아까 감히 본좌에게 잔소리를 퍼붓던 건 어디 사는 누구였지?"

입이 열 개여도 할 말이 없는 차수정이었다. 그녀는 헛기침을 하고서 몸을 일으켰다.

"알았으니까 출발하도록 해요. 어느 방향이죠?"

"너는 알 필요 없다. 그냥 본좌가 가는 방향을 뒤따르기만 하면 된다."

"어련하시겠어요……."

잠시 후 천마가 신형을 날렸다. 개미지옥 형태의 유사를 향해 쇄도한 그가 권격으로 한가운데를 뚫어버리고는 안으로 들어갔다.

차수정도 황급히 뒤를 따랐다.

천마는 나름대로 그녀를 배려해 속도를 조절했지만 뒤쫓는 차수정에게는 버거운 수준이었다. 조금만 천천히 가자는 말이 목구멍까지 치솟았지만 차수정은 도로 삼켰다. 투정만 부리는 어린애로 보이고 싶지는 않았다.

두 신형은 지하의 땅굴을 따라 빠르게 나아갔다. 천마가 처음으로 신호를 보낸 것은 30분이 지난 뒤의 일이었다.

5

-멈추어라.

갑작스레 뇌리를 스친 음성에 차수정은 흠칫했다.

그녀는 약간의 시간이 흐른 뒤에야 이것이 전음이라는 걸 깨달았다.

"저한테 말씀하신 거예요?"

얼떨결에 입 밖으로 소리를 냈다. 그녀의 목소리는 땅굴 사이로 흐르는 바람 소리에 파묻혔다.

-그렇다.

"제 목소리가 들리세요?"

-대체 본좌를 뭘로 보는 게냐? 됐으니까 그 자리에서 대기해라. 은신하고 있으면 더 좋고.

"아, 알겠어요."

주변을 두리번거리던 차수정은 살짝 튀어나온 암석 사이로 몸을 숨겼다.

그사이 천마의 신형은 깊은 어둠 속으로 빨려들듯 날아갔다.

잠시 후.

쿠궁…… 쿠구구구……!

묵직하게 메아리치는 굉음과 함께 땅굴 전체가 부르르 진동했다. 깊은 어둠 속에서 언뜻 무언가가 번뜩이는 것도 같았다.

간헐적으로 들려오던 진동이 멎은 것도 잠시, 천마의 신형이 차수정 쪽으로 되돌아왔다.

생채기 하나, 흠집 하나 나지 않은 모습이었다. 허여멀건 점액이 군데군데 묻어 있는 게 전부였다. 아마도 마수에게서 흘러나온 체액인 듯했다.

"네가 확인 좀 해줘야겠다."

"네?"

"본좌를 따라오너라."

차수정은 천마를 따라 땅굴 깊은 곳으로 들어갔다.

얼마 가지 않아 코를 찌르는 악취가 느껴졌다.

"아."

온통 어둠뿐인지라 보이진 않아도 알 수 있었다. 거대한 공동 안 발아래로 압도적인 크기의 무언가가 널브러져 있다는 것을.

천마가 약간의 공력만으로 미세한 불빛을 만들어냈다. 그러자 처참하다 못해 동정심마저 들 것 같은 마수의 시체가 나타났다.

"저쪽이다."

천마가 가리킨 곳을 보니 큼직하게 튀어나온 위장이 보였다. 5m에 달하는 절개선 사이로 기계 장치들이 튀어나와 있었다.

"저 안에 순천자가 있는지 확인해 주었으면 한다. 본좌는 저런 장난감들은 다뤄보지 않아서 모르겠단 말이지."

"지금까지 마수들을 일일이 사냥해 배를 째보신 거예요?"

"그렇다만."

"그동안엔 어떻게 확인하셨죠?"

"확인하지 못했다. 그래서 일단 한곳에 모아두었지. 그것들도 네가 확인해 주었으면 한다."

차수정은 고개를 끄덕였다.

"순천자라는 분은 일종의 AI일 테니, 삭월의 OS 드라이브에 남아 있을 거예요."

"설명할 필요는 없다. 어차피 본좌는 들어도 모르니까."

"하긴 그건 그렇겠네요."

차수정과 천마는 마수의 시체 위로 내려섰다.

아직까지도 체액을 꿀렁꿀렁 쏟아내고 있는 그것은 에픽 그레이트 샌드웜이었다. 단순 계산만으로도 S급에 준하는 마수를 천마 홀로 해치웠다는 사실에 절로 소름이 돋았다.

"확인해 보거라."

"알았으니까 여기 좀 밝혀주실래요?"

천마는 불만 없이 불을 밝혔다. 환해지고 나니 점액이 덕지덕지 눌어붙은 기계 장치들이 선명하게 드러났다. 잠시 이곳저곳을 살피던 차수정이 어깨를 으쓱였다.

"여기엔 프로그램 비슷한 것도 없어요."

"확실한가?"

"확실해요, 그냥 척 봐도 엔진에서 떨어져 나온 파편이란 게 보이잖아요?"

"본좌는 잘 모르겠는데."

"어쨌든 여기에 순천자는 없어요."

"흠."

미묘한 침음을 뱉은 천마가 손을 뻗었다. 뿌드득거리는 소리가 나더니 샌드웜의 살덩이를 뚫고서 아포칼립틱 코어가 날아들었다. 허공섭물로 뽑아낸 것이었다.

"다음 장소로 가지. 확인해야 할 것이 많다."

"파편들을 모아두셨다는 곳부터 가도록 해요. 한꺼번에 많이 확인하는 편이 나을 거예요."

"그건 곤란하다."

"어째서죠?"

천마는 대답 대신 점액에 둘러싸인 기계를 톡 쳤다. 이온 엔진의 파편이 과자처럼 부스러졌다.

"아."

"시간을 끌었다간 괴물 놈들이 고철들을 소화해 버릴 게다. 그전에 놈을 찾아 배를 헤집어야 한다."

"무슨 말인지 알겠어요, 가죠."

두 사람은 장소를 옮겼다.

고비 사막 지하의 땅굴은 생각보다도 규모가 컸다. 상당히 오랜 기간에 걸쳐 만들어진 듯 구조 또한 복잡했다. 마치 도심의 도로처럼 교차로는 기본이요, 높이 차이를 이용한 고가도로 개념의 길까지 만들어져 있었다.

"놀랍네요."

차수정이 얼떨떨하게 중얼거렸다. 마수의 지능이 인간의 생각보다도 높다는 건 알고 있었지만, 막상 그 일례를 목도하니 새삼 소름이 돋았다.

"그래 봤자 개미 수준이다."

짤막히 일축한 천마가 또다시 대기하라는 손짓을 했다. 차수정은 그 뜻을 알아듣고서 속도를 줄였다.

먼젓번과 같은 사냥이 두어 차례 이루어졌다. 그때마다 마수들의 위장에선 어김없이 기계 부품이 쏟아져 나왔다.

"이것도 아니고 저것도 아니에요."

각각의 부품을 전부 살펴본 차수정의 한마디. 천마는 살짝 싫증이 났는지 혀를 찼다.

"이 근방은 대강 청소한 것 같은데."

"그럼 파편들을 모아놓은 장소로 가면 되겠네요. 설마 여기 떨어진 비행선 부품이 저 먼 곳에서 발견될 리는 없잖아요?"

"흠."

두 사람은 지상으로 나왔다. 그리 시간 소모를 하지 않았다고 생각했는데 밖으로 나오니 해가 뜨고 있었다.

"그 코어는 어떻게 하실 거죠?"

문득 궁금증이 든 차수정이 물었다.

"왜, 본좌가 혼자 꿀꺽할 것 같으냐?"

"아뇨, 천마쯤이나 되시는 분이 그럴 리 없다고 생각하는

데요."

"흠, 제법 아부도 떨 줄 아는구나."

"아부가 아니라 진심이에요. 그런데 말이죠."

차수정이 자못 진지한 어조로 말했다.

"그 코어를 이용해서…… 선배의 의식을 깨우는 게 가능하지 않을까요?"

천마는 대꾸하지 않았다.

자신의 말이 결례가 된 걸까 싶어 차수정의 어조가 조심스러워졌다.

"물론 저보다는 천마…… 님이 무공에 대해 더 잘 아시겠죠. 근데 그냥, 어쩌면 그러는 것도 가능하지 않을까 싶어서요."

"아마도."

"네?"

"아마 네 말대로 가능할 게다."

차수정의 표정이 밝아졌다.

"그럼……!"

"하지만 생각 없다."

"네?"

"본좌가 왜 굳이 그래야 하지?"

차수정의 얼굴이 서서히 굳어갔다.

"그게 무슨 말씀이세요?"

"이 몸의 주인은 물론 적시운이다. 그건 인정한다. 그러니 적시운의 의식이 깨어난다면, 본좌는 불만 없이 육체를 양도할 것이다."

천마는 턱수염을 쓰다듬는 손짓을 하다가 멈칫했다. 본래의 그와 달리 적시운의 턱은 매끈했다.

"하지만 구태여 적시운이 깨어나도록 열을 낼 필요는 없지."

"잠깐만요, 그렇다면 선배가 깨어나지 않으면 그대로 몸을 갖겠단 말인가요?"

"이미 말하지 않았던가? 그렇게 되면 본좌 스스로 패업을 완성하겠다고."

"그래선 안 돼요!"

차수정의 외침에도 천마는 꿈쩍하지 않았다.

"되고 안 되고를 정하는 건 본좌지 네가 아니다."

"어떻게 시운 선배를 배신할 수 있죠?"

"어째서 이게 배신이냐고 묻고 싶군."

"시운 선배가 있었기에 당신이 망령으로라도 남아 있을 수 있었던 거잖아요!"

"그리고 본좌가 있었기에 적시운은 살아남을 수 있었지. 본좌의 지혜와 천마신공이 없었다면 적시운이 그 숱한 수라장을 뚫고 생존할 수 있었을까?"

"그건⋯⋯!"

"너희들 또한 마찬가지다."

날카로운 천마의 시선이 차수정의 뇌리를 관통했다. 그 눈빛에 어떠한 악의나 흉계도 들어 있지 않다는 걸 깨달은 차수정이 할 말을 잃었다.

"본좌와 적시운은 운명공동체였다. 서로가 있었기에 살아남을 수 있었고, 여기까지 올 수 있었지. 그 유대 관계에 대해선 어느 누구도 함부로 지껄일 수 없다. 설령 너라고 하더라도 말이다."

"……."

"단언컨대 본좌와 적시운은 서로에게 어떠한 은원도 빚진 것도 없다. 주고받음에 있어 완벽하게 대등한 관계라는 뜻이지."

일출의 햇살을 등진 천마가 말을 이었다.

"그렇기에 지금의 선택에 가책은 없다. 적시운 스스로가 깨어나지 않는다면 천마가 그의 몸을 차지할 것이다."

"그런……."

"아마 반대 상황이었더라도 적시운은 이처럼 행동했을 테고, 본좌는 겸허히 받아들였을 거다."

"그건…… 궤변이에요."

"어째서 궤변인지 본좌에게 설명할 수 있겠느냐? 그리하여 본좌를 납득시킬 수 있겠느냐?"

가까스로 입술을 뗀 차수정이었으나 아무 말도 할 수가 없었다. 어떤 말을 해도 통하지 않으리라. 그런 확신이 드는 이상 그녀는 무력할 따름이었다.

"선배를 돌려주세요. 그러지 않으면 협력하지 않겠어요."

"조악한 수법이군. 네가 고집을 피운다고 치자. 본좌는 그저 너를 버리고 돌아가면 그만이다."

"그랬다간……"

"순천자를 다시 만날 수 없겠지. 안타깝기야 하지만 감내 못할 일은 아니다. 어쩌면 이미 늦었을지도 모르고……"

"……"

"어쩌겠느냐? 그래도 용기를 내어 본좌의 뜻에 맞서볼 텐가?"

차수정은 고개를 돌렸다. 탁 트인 사막의 전경이 시야 가득 들어왔다. 그곳에 홀로 남겨진다고 생각하니 장대한 전경이 색다른 의미로 다가왔다.

'전력으로 경공을 펼친다면……?'

빠져나갈 수 있을지도 모른다. 하지만 지금 몸으로는 무리였다. 그나마 좀 움직일 수 있는 것도 천마의 격체전공 덕택이었으니까.

차수정은 자신의 무력함에 좌절했다. 하지만 약한 모습을 천마에게 보이고 싶진 않았다. 심호흡을 하고 몸을 돌린 그녀가 천마를 똑바로 응시했다.

"지금은 당신 뜻대로 따르죠. 하지만 무슨 수를 써서라도 시운 선배를 깨어나게 할 거예요."

"무난한 모범 답안이로군."

피식 웃은 천마가 몸을 돌렸다.

"그럼 가도록 하지. 확인해야 할 쇳덩어리가 아직 많이 남아 있다."

"알겠어요……."

"지금 보시는 것은 지난 한 달 동안 센다이 메일스트롬 (Maelstrom)에서 검출된 특수 이온 에너지 반응량입니다."

거대한 모니터 속에서 치솟는 그래프 앞에서 정장 차림의 미녀가 유창한 한국어로 설명을 이어 갔다.

"바로 옆은 평소의 에너지 검출량입니다. 기준치의 열 배에 이르는 에너지가 최근에 집중적으로 검출됐음을 확인하실 수 있습니다."

가라앉아 버린 일본 동부에는 거대한 회오리가 만들어졌다. 상징적인 옛 지명의 이름을 따 센다이 메일스트롬이라 불리고 있었다.

"다음은 저희 무인 드론이 촬영한 영상입니다."

소리 없이 재생되는 영상 속에서 맹렬하게 몰아치는 거대한 회오리와 스파크가 연신 번뜩였다.

심각한 얼굴로 화면을 응시하던 임성욱이 입을 열었다.

"차원 게이트로군요."

"그렇습니다, 이온 에너지 검출량에 비춰보자면 지난 10년 사이 최대 규모입니다."

"지난 10년이라면, 센다이 사태 당시도 포함한 것입니까?"

"그렇습니다, 임성욱 의원장님."

화면이 꺼지고 전등이 밝아졌다. 정장 차림의 여성은 공손히 두 손을 모으고서 장내를 돌아보며 말했다.

"일본 정부는 모든 지휘권을 한국 측에 위임하기로 결정했습니다. 물론 그보다 중요한 것은 한국 정부의 의사겠지요."

"당신네 정부가 이렇게까지 저자세로 나오는 건 처음 보는군."

"그렇게라도 해야 살아남을 수 있기 때문입니다, 김성렬 장관님."

여인은 공손한, 그러나 비굴하진 않은 태도로 말을 이었다.

"한국의 도움이 없다면 일본은 멸망할 것입니다."

6

여인은 자신을 은여월이라고 했다.

나이는 31세, 재일 한국계이자 일본군 마수 토벌대 소속, 직함은 작전 참모인 동시에 특수 능력 훈련 교관, 권창수 일행이 전달받은 그녀의 프로필이었다. 직함이 여럿인 건 그만큼 인력이 부족하다는 의미다. 일본군의 사정상 어쩔 수 없는 일이었다.

한국계라는 건 딱히 큰 의미가 있진 않았다. 재일 한국인이 일본 사회에 완벽하게 동화된 것이 이미 두 세기도 전의 일이다. 그녀는 완벽한 일본인이며 아마 일본식 이름도 따로 있을 터였다.

그런데도 한국식 이름으로 자신을 소개한 것은 최대한 친근감을 높여보자는 일본 측의 계산으로 보였다. 속셈이 노골적이긴 했지만 이해는 갔다. 수단과 방법을 가리지 말아야 할 만큼 일본이 몰락해 있었기 때문이다.

"이해하기 어려운 상황이군요."

임성욱이 입을 열었다.

"마수라고 해서 소용돌이의 영향을 받지 않을 리 없습니다. 저 정도의 물살이라면 어지간한 해양 마수도 휩쓸릴 정도일 텐데, 소용돌이 한복판에 게이트를 연다는 게 이해되지 않는군요."

"저희도 비슷한 의심을 품었습니다. 여러 정보를 가지고 분석한 결과 예측 가능한 경우의 수는 둘로 압축되더군요."

"들어보죠."

"하나는 교란책입니다. 마엘스트롬 쪽 이온 반응은 페이크고, 실제로는 다른 곳에 게이트를 여는 경우죠."

"다른 하나는 무엇입니까?"

"게이트를 통해 전송될 마수가 소용돌이의 영향을 받고도 끄떡없는 경우입니다."

잠시 주저하던 은여월이 덧붙였다.

"최소 S급 이상의 마수란 뜻이죠."

"……."

"……."

아라크네 한 마리만으로도 1개 군단이 투입되어야 했다. 어찌어찌 해치울 순 있었지만, 그것은 어디까지나 적시운과 백진율이 참전했기 때문이다. 그 두 사람이 없었다면 군단이 통째로 몰살당했을 것이다.

그런 괴물 중의 괴물이 게이트를 열고서 튀어나올 수도 있다. 게다가 몇 마리가 나타날지는 예측할 수도 없었다.

"일본군 전력에 대해 먼저 파악해야겠습니다. 어느 정도의 병력이 동원 가능합니까?"

"기갑병 2만, 자주포 1천 문, 천 톤급 전투 비행함 300기와 B랭크 이상의 이능력자 2천 명입니다."

미리 외워놓기라도 한 듯 가용 병력을 나열한 은여월이 덧붙였다.

"이것이 최소한의 치안 유지군을 제외한 전부입니다."

"그렇습니까?"

저 정도라면 일국의 병력이라기엔 턱없이 부족한 수준이다. 단순 물량만 보자면 부산시 정규군보다도 적었다.

그러나 은여월이 숫자를 속였다고 생각하기는 어려웠다. 지난 백 년 동안 일본이란 국가가 어떠한 타격을 받았는지 이 자리에 있는 모두가 알고 있었기 때문이다.

그 방점을 찍은 게 센다이 사태로 홋카이도와 도쿄시를 포함한 동일본이 모조리 침몰해 버린 전대미문의 사건이었다.

그때 일본은 인구의 절반이 하루아침에 떼죽음을 당해버렸다. 그 참사의 희생자 속에 일본의 정규군도 포함되어 있었고, 더불어 기성 정치인과 왕족까지도 몰살당해버려, 국가 체계가 붕괴 직전에까지 몰렸다. 생존자 중에서도 어느 정도 영향력을 지닌 이들은 국외로 도피한 지 오래였다.

일본이란 국가에 적개심을 지닌 한국인들조차 연민을 느낄 정도였다. 오히려 국가가 풍비박산 난 와중에도 저 정도 병력이나마 유지해 왔다는 걸 칭찬해야 할 상황이었다.

"대한민국 정부는 이번 마수 공습에 맞서 할 수 있는 모든 조치를 취할 것입니다."

권창수가 정부를 대표하여 말했다.

"우리 모두의 생존을 위해서요."

"일본 정부를 대표하여 감사드립니다."

눈을 내리깔며 다소곳이 답변하는 은여월의 얼굴에는 화장으로도 가릴 수 없는 짙은 피로감이 드리워져 있었다.

"한데……"

"말씀하십시오."

"적시운…… 이라는 분의 행적에 대해 이런저런 이야기가 나오고 있습니다만, 사실 관계가 어떻게 되는지 알 수 있을까요?"

"그걸 왜 당신네가 알고 싶어 하는 거요?"

퉁명스레 쏘아붙이는 김성렬의 반응에 당황할 법도 한데 은여월은 차분한 표정을 유지했다.

"그 남자가 한국 정부가 가진 최강의 전력이기 때문입니다."

"그래서, 그 친구에게 무슨 수작이라도 부리겠다는 거요?"

"수작을 부린들 넘어오실까요? 그게 불가능하리라는 건 누구보다도 저희가 잘 알고 있습니다."

"적시운 님은……."

권창수가 다시 말을 받았다.

"현재 요양 중입니다. 지금으로선 그렇게 답할 수밖에 없겠군요."

"전투에는 참여하실 수 있을지요?"

"확답을 드릴 순 없습니다. 컨디션이 최고조라 하더라도 참여하고 말고는 적시운 님 본인이 결정할 문제니까요."

"그렇다면 말씀 하나만 전해 주실 수 있겠습니까?"

"적시운 님에게 말입니까?"

"그렇습니다."

권창수의 얼굴에 의문이 떠올랐다.

"설마 김성렬 장관님의 말씀처럼……."

"그런 종류의 얘기는 결코 아닙니다. 그런 이야기라면 여러분께 전달해 달라고 할 수도 없겠지요."

"알겠습니다, 일단은 듣고 결정하겠습니다."

"그럼 일말의 가감도 없이 들은 대로 말씀드리겠습니다."

작게 심호흡을 한 은여월이 말했다.

"모두가 위험에 처했어요. 오스카 백작님, 큰할머니, 아킬레스 님까지지도요. 오빠의 힘이 필요해요."

"……?"

권창수와 임성욱, 김성렬은 의아한 얼굴로 서로를 돌아봤다. 그녀가 언급한 게 특정 인물들이란 것은 알겠으나 그 이상은 알 수가 없었다.

"그게 전부입니까?"

"그렇습니다."

"그렇게 전하면 적시운 님이 알 거라는 말씀이지요?"

"네."

더없이 진지한 은여월의 얼굴로 봐선 농담일 리는 없어 보였다.

잠시 고민하던 권창수가 입을 열었다.

"보아하니 은여월 참모께서도 그 얘기를 타인에게서 전해 들은 것 같습니다만."

"그렇습니다."

"그 이야기를 들려준 사람을 만나볼 수 있겠습니까?"

기계적이기까지 하던 은여월의 얼굴에 처음으로 파문이 생겼다.

"죄송합니다, 다만 당사자가 적시운 님 이외의 사람과는 접촉하려 하지 않고 있어서……."

"그런 식이라면 우리도 협력하기 곤란하오. 이게 적시운을 끌어내기 위한 함정일지도 모르잖소?"

"김성렬 장관님의 지적은 타당합니다. 하나 당사자의 뜻이 완고하여 저희로서도 어쩔 도리가 없습니다."

"좀 더 자세히 설명해 주실 수 있겠습니까?"

"한 가지만 알려드리자면…… 그녀는 북미 제국인입니다."

"그렇군요."

예상보다 미적지근한 반응에 은여월은 당황했다.

"별로 놀라지 않으시는군요."

"북미 제국 출신이라면 저희 쪽에도 몇 분 계시니까요."

"과연…… 그렇다면 그녀의 말이 옳았던 모양이군요."

"무슨 뜻입니까?"

"저희 지휘부 내에서도 그녀의 이야기의 신빙성에 대한 의견이 크게 갈리고 있었습니다. 아무래도 태평양을 건너왔다는 말은 쉽사리 믿기 어려운 얘기니까요."

"그녀는 현재 어디에 있습니까?"

"본인의 동의를 받아 저희 측이 신병을 보호 중입니다."

"이해가 되지 않는군요. 귀측의 보호엔 거부가 없으면서 우리와는 만날 수 없다는 말씀입니까?"

은여월의 얼굴 전체로 당혹감이 번져 갔다. 아무래도 대화의 주도권은 한국 측에 있다 보니 그녀로선 버거운 측면이 많았다.

권창수는 부드러운 어조로 조심스럽게 말을 이었다.

"협박하려는 것은 아닙니다. 단지 상황을 보다 분명하게 파악하고 싶은 것이지요."

"제가 아는 한도 내에서 설명해 드리죠……"

작게 한숨을 쉰 은여월이 말했다.

"북미 제국으로부터 그녀를 뒤쫓아 온 추격대가 있다고 합니다. 해당 추격대의 지휘관은 S랭크의 정신 지배 능력자라더군요."

세 사람의 얼굴이 휘둥그레졌다.

"지금 S랭크라고 하셨습니까?"

"네, 북미 제국에선 펜타그레이드라는 이명으로 불린다더군요."

"펜타그레이드……."

"그녀, 세실리아는 태평양 한가운데에서 어렵사리 추격을 따돌렸습니다. 다만 그 과정에서 함께 출발했던 동료를 모두 잃었습니다. 그녀 홀로 겨우 살아남아 우리나라에 당도할 수 있었다고 합니다."

"……."

"추격대는 건재하다고 합니다. 그래서 세실리아는 그 누구와도 접촉하려 하지 않고 있습니다. 위치만 알려지더라도 정신 지배 능력에 의해 들통날 수가 있으니까요."

"그럼 지금 그녀는……."

"나고야 부근의 버려진 도시에 은둔 중입니다. 정확한 위치는 저희도 모르며 접촉하기 위해선 모종의 방법으로 연락해야 합니다."

"그러니까, 우리가 그 정신 지배 능력자에게 세뇌를 당할 수도 있다는 거군요."

"예, 마인드 컨트롤의 무서운 점이 바로 그것이니까요."

누구에게나 걸 수 있으며 어떤 식으로든 활용할 수 있다.

그 등급이 S랭크라면 사실상 거의 모든 인간을 지배할 수 있다는 뜻이었다. 세실리아라는 여성이 조심 또 조심하는 것도 이해는 갔다.

"그렇다고는 해도 조악하기 짝이 없는 방식 아니오? 막말로 우리보다도 당신네가 지배당할 가능성이 더 클 텐데."

김성렬의 지적에 은여월은 구태여 부정하지 않았다.

"예, 저희로서도 최대한의 장비를 동원하여 대비하고 있습니다만, 정신 지배 능력자의 습격을 방어할 수 있으리라고 단언할 수는 없습니다."

"저희 측에서 방어 장비를 지원하지요."

"감사한 말씀이지만, 저희보다는 여러분이 가지고 계신 편이 나을 겁니다."

"무슨 뜻입니까?"

"세실리아가 상륙한 곳은 일본의 동부가 아닌 가고시마 부근이었습니다."

"가고시마라면……."

일본의 남서쪽 끄트머리, 한참을 빙 돌아가 상륙한 셈이었다.

"일본 동부 해안은 센다이 마엘스트롬의 영역권이기 때문입니다. 그녀의 경우로 비추어봤을 때 추격대가 상륙할 지점도……."

"일본의 서부, 혹은 한반도 동부가 되겠군요."

"그럴 가능성이 매우 큽니다."

권창수는 고개를 끄덕였다.

"조언과 정보에 감사드립니다. 속히 돌아가 대비를 해야겠군요."

"부디 조심하시길."

"만반의 준비를 갖출 것입니다. 후에 다시 뵙지요."

회동을 마치고 나온 세 사람이 비행선에 몸을 실었다.

"그녀의 말을 믿소?"

김성렬이 넌지시 물었다. 여전히 의혹이 묻어 있는 어조였다.

"믿기 어려운 얘기이긴 하지요. 하나 그렇기에 더욱 신뢰가 갑니다. 속일 거였다면 좀 더 그럴싸한 얘기를 준비했을 테니까요."

"흐음."

김성렬도 임성욱도 여전히 미심쩍은 눈치들이었다. 하기야 다른 국가도 아닌 미국 얘기가 갑자기 나왔으니 그럴 만도 했다.

"그녀의 말이 거짓인지 아닌지는 조만간 알 수 있을 겁니다."

권창수는 흐릿한 창밖을 보며 누군가를 떠올렸다.

"적시운 님이 돌아오신다면 말입니다."

한반도 동부, 옛 강릉시 인근.

위이이잉.

중형 비행선 한 척이 해안에 착륙했다. 한국에서는 볼 수 없는 모델이었다. 그 안에서 내려서는 이들 또한 한국인과는 거리가 멀었다.

"도착했습니다."

"이곳이 한국이란 말이지?"

"예, 폐하께서 하사하신 데이터에 의하면 그렇습니다."

"흥, 너저분한 곳이로군."

시니컬하게 중얼거리는 것은 소녀티를 채 벗지 못한 묘령의 여인이었다. 싱글 S랭크 텔레패스이자 펜타그레이드의 일원 다크 레이븐 에블린은 표독스러운 얼굴 가득 미소를 머금었다.

"자, 그럼 사냥을 시작해 볼까?"

제55장
귀환자

1

미국은 멸망했으며 아메리카 대륙은 마수들의 수중에 떨어졌다. 아시아인 대부분이 그렇게 생각해 온 것처럼, 대다수 북미 제국인들 또한 반대되는 사고관을 견지해 왔다.

마수들의 공습에서 살아남은 것은 북미 제국뿐이고 나머지 국가들은 마수들의 습격을 버텨내지 못하고 멸망했다고.

그것은 에블린도 예외가 아니었다. 그녀의 나이는 기껏해야 17세. 그녀가 태어났을 땐 이미 북미 제국이 융성해 있었으며 왜곡된 교육 체계가 완성된 뒤였다.

그 이전의 세계와 완전히 단절된 거짓된 역사 교육을 그녀

또래의 제국인들은 스스럼없이 받아들였고, 사실 여부 따위를 그리 중요하게 생각하지도 않았다.

더군다나 그녀쯤 되는 능력자라면 말할 것도 없는 일.

황제는 그녀의 능력을 높이 사주었다. 황제 휘하 단 5인뿐인 펜타그레이드의 일원으로 받아들임은 물론, 무소불위의 권력을 그녀에게 선사한 것이다.

에블린으로선 그거면 충분했다. 자신에게 주어진 특권과 지위를 마음껏 누리면 그만이었다. 자신 앞에서 벌벌 떠는 잡것들을 내려다보며 우월감을 느낄 수 있으면 그만이었다.

그 때문에 열일곱 평생 몰랐던 진실을 알게 된 뒤에도 그다지 놀라진 않았다.

대양 건너엔 또 다른 나라들이 있으며, 북미 제국과 다른 독자적인 문명과 사회를 구축하고 있다고? 대관절 그깟 게 뭐 어쨌다는 것인가?

한국이 됐든 중국이 됐든 에블린으로선 알 바 아니었다. 다만 그녀에겐 갚아야 할 빚이 남아 있었다. 그리고 이번에 떨어진 임무야말로 묵은 원한을 해소하기에 안성맞춤이었다. 그래서 그녀는 임무에 자원했다.

계집 하나와 그녀의 동지들로 이루어진 탈주자들을 제거하라는 임무. 평소라면 거들떠보지도 않았을 임무에 자원한 이유는 하나였다.

'그 계집네 패거리가 대양을 건너갈 계획을 꾸몄기 때문에!'

그 근원을 정의 내리기가 어려울 만큼 제반 사정은 좀 더 복잡했다.

퀀텀 리퍼라고도 불리는 또 한 명의 펜타그레이드, S랭크 텔레포터 아킬레스 프레스터. 본격적으로 문제를 불거지게 한 것은 바로 그였다. 그가 황제의 칙령을 어기고 대양을 건넌 게 문제였다.

대노한 황제는 아킬레스를 구금시켰고, 보다 자세한 조사를 명했다. 그 과정에서 한 인간의 정보가 튀어나왔다.

적시운, S랭크 에픽 레벨 마수인 황혼의 순례자를 쓰러뜨린 인물이자, 아킬레스의 도움을 받아 대양을 건너간 인간이었다.

조사 임무를 맡은 황제 직속 친위대는 에메랄드 시타델을 집중적으로 수사했다. 시타델에 구금되어 있던 에블린은 그 덕에 풀려날 수 있었다.

하지만 상황이 급반전되거나 하진 않았다. 에블린이 오스카리나 백작을 위시한 시타델의 무리를 처벌할 것을 주장했으나, 친위대는 그녀와 백작 사이의 갈등 관계를 그대로 묻어버렸다. 그 망할 백작 년을 처벌하지 못한 데에 열불이 났으나 에블린은 참기로 했다. 어차피 오스카리나 따위는 언제든 가지고 놀 수 있는 상대였다.

중요한 것은 결국 적시운, 그야말로 그녀에게 씻지 못할 굴욕을 안겨 준 장본인이었다.

복수의 길이 요원할 것 같았으나 의외로 기회가 빠르게 찾아왔다. 시타델 지방 정부가 데리고 있던 요주의 인물, 김은혜에 대한 정보를 친위대가 입수한 것이다.

비교적 공평한 태도를 유지하던 친위대가 돌변한 것은 그때부터였다. 그들은 김은혜와 그녀의 혈족을 내놓게끔 오스카리나를 강하게 압박했고, 여 백작이 필사적으로 시간을 끄는 동안 김은혜 무리는 시타델을 벗어나 달아났다.

그 과정에서 그들이 대양을 건너고자 한다는 것을 알아낸 에블린은 추격대에 자원했다.

"정말 대양을 건널 거라고는 생각도 못 했지만 말이야."

에블린은 약간이지만 질린 표정으로 중얼거렸다.

해안에서 내륙으로 조금 들어오자마자 폐허가 되다시피 한 시가지가 나타났다. 인적이 완전히 사라진 폐허였으나, 그 흔적만 보더라도 에블린이 생각했던 것보다 문명 수준이 높은 듯했다.

"이곳이 그 개자식의 고향, 놈이 살던 나라란 말이지."

반파된 돌담에 앉은 에블린이 으르렁거렸다.

"빌어먹을 년! 정말로 그 넓은 대양을 건너갈 줄은 몰랐어."

김은혜는 탈주 과정에서 종적을 감추었다. 대신 탈주자 무리를 이끈 것은 세실리아라는 애송이였다. 세실리아와 탈주자 무리는 어처구니없게도 중형 수송선 한 기로 대양을 건너려 했다. 그 뒤를 쫓는 추격대는 20기의 대선단이었다.

예측대로라면 해안을 제대로 벗어나지도 못한 시점에서 따라잡을 수 있었을 것이다. 한데 상황이 묘하게 꼬여 버렸다. 탈주자 놈들은 놀랍게도 변화무쌍하기 짝이 없는 태평양의 기후를 속속들이 알고 있었다. 그뿐만 아니라 대양을 배회하는 마수들의 이동 패턴 및 주요 거점을 모조리 파악하고 있었다.

처음 그 사실을 알았을 때 물러났어야 했다. 하지만 에블린은 추격을 고집했고, 그 결과 마수들의 습격으로 인해 막대한 손실을 보고 말았다. 20기의 전투 비행선 중 살아남은 것은 에블린이 탄 기함뿐이었다. 다른 추격대원들은 퇴각을 종용했지만, 그녀는 결코 실패를 받아들일 수가 없었다.

"그년을 잡기 전엔 죽어도 못 돌아가!"

결국 들러붙기에 가까운 기묘한 추격전이 시작됐다. 추격대 측 기함은 필사적으로 세실리아 측 비행선에 따라붙었고, 충분히 공격할 수 있음에도 그러지 않았다.

이미 대양 한가운데까지 와버린 후였다. 여기서 세실리아의 비행선이 격추당하면 마수들의 세계 한복판에 고립될 게 뻔했다.

"이대로 놈들을 쫓아간다! 언젠가는 대륙 연안에 도달할 테니 그때 가서 잡아도 충분해!"

탈주자 측 비행선은 감탄이 나올 만큼 교묘한 운행으로 대양을 횡단했다. 마수들이 대량 출몰하는 지역이나 기후 상태가 괴팍한 지역은 귀신같이 알고서 피해갔다. 에블린은 나중에야 그것이 김은혜가 관여한 예측 프로그램의 힘이라는 것을 알았다.

동일본 해역에 도달했을 때 이변이 발생했다. 탈주자 측 비행선이 오션 와이번(Ocean Wyvern) 무리의 습격을 받은 것이다.

원래대로라면 대륙이 있어야 할 곳이 소용돌이치는 바다로 변해버렸고, 그걸 모른 채 그대로 항진한 결과였다.

추격대 측 기함도 그 습격에 휘말렸다. 하지만 어차피 조금만 더 가면 대륙이 나올 것을 직감한 에블린은 공격을 명령했다.

"여기서 놈들을 잡는다! 저 날개 달린 도마뱀 놈들은 내가 처리할 테니 너희는 비행선을 붙여서 백병전을 걸어!"

호언장담한 대로 습격해 온 마수 대부분을 세뇌해 버렸다.

'스트레이트 플러시(Straight Flush)!'

S랭크 텔레패스의 특수 광역기.

봇물처럼 뿜어져 나온 그녀의 힘은 오션 와이번 무리를 완벽하게 제어했다.

"포대부터 뭉개 버려!"

에블린의 명령에 따라 와이번들은 편대를 구성, 탈주자 측 비행선의 방어 포대를 집중 공격했다. 방어망이 무력화되자마자 기함이 근접, 추격대 병력이 비행선 내부로 침투했다.

한데 거기서 문제가 생겼다. 지독하기 짝이 없는 놈들이, 항복하는 대신 비행선의 엔진을 파괴하는 쪽을 택한 것이다.

"정신 나간 놈들!"

에블린이 황급히 놈들을 세뇌하려 했으나 이미 비행선이 추락하기 시작한 뒤였다. 설상가상으로 또 다른 마수 무리가 몰려들었다.

"망할!"

하는 수 없이 마수들과 맞서 싸워야 했다.

전투가 지지부진해지는 가운데 탈주자 측 비행선은 해면에 처박혔다. 다수의 함재기가 비행선으로부터 탈출해 사방으로 퍼졌다.

에블린으로선 다 잡은 고기를 코앞에서 놓치게 된 셈이었다.

"서쪽으로 간다! 암만 날고 기어봤자 결국은 내륙으로 가게 되어 있어! 그곳에서 그년을 찾아내 붙잡겠어!"

그리고 지금, 그녀를 포함한 추격대는 서쪽으로 계속 비행해 한반도에 착륙하게 된 것이었다.

"이 근방엔 도시가 없는 듯합니다. 아무래도 좀 더 내륙 쪽으로 들어가서야 할 것 같습니다."

주변을 정찰하고 온 부관의 보고였다. 에블린은 신경질적으로 혀를 차고는 자리에서 일어났다.

"그년이 이쪽으로 달아난 게 맞아? 비행경로 상 남쪽에도 섬인지 대륙인지 모를 땅덩어리가 더 있었잖아."

"그곳은 일본이라 불리는 국가입니다. 김은혜와 세실리아의 혈통을 고려했을 때, 그들의 최종 목적지는 일본이 아닌 이곳 한국일 가능성이 높습니다."

"흥, 어련하겠어."

에블린의 비꼬는 말에도 부관은 별 반응을 보이지 않았다.

이들 추격대는 본디 황제의 친위대 출신으로 오로지 황제의 명령만을 따르는 고도로 훈련된 살인 기계들이었다. 정신 훈련과 더불어 특수한 장치까지 뇌에 심었는지, 에블린의 정신 조작도 통하지 않는다고 했다.

'실제로 걸어본 적은 없지만……'

간을 살짝 보는 것만으로도 대강 감이 잡혔다. 아마 개인 대상의 기술인 퀸 오브 하트라면 먹힐 테지만 광역 세뇌 기술인 스트레이트 플러시엔 면역일 터였다.

'뭐, 어차피 내 명령을 따르는 것들이지만.'

황제는 그녀에게 추격대의 총지휘를 맡겼다. 황제가 그리 결정한 이상 친위대는 목숨을 바쳐서라도 그녀의 뜻에 따를 것이었다.

'이 녀석들과 나의 힘, 그리고 지혜롭게 행동한다면……!'

지난번과 같은 굴욕은 더 이상 없을 것이다. 적시운을 상대하기 위해 그녀 또한 만반의 준비를 하고 있었다.

"출발하지, 우선은 도시부터 찾아내도록 해. 도시만 찾아내면 정보를 얻어내는 것쯤은 식은 죽 먹기야."

"알겠습니다."

강릉 부근의 숲에 비행선을 숨겨놓은 추격대는 내륙 깊은 곳으로 이동했다.

200명이 넘는 병력은 개개인의 무력이 상급 기간틱 아머에 준하는 강화 인간들이었다.

'이번에야말로 반드시……!'

'……'

적시운은 깊은 어둠을 유영하고 있었다.

낯설지만은 않은 기분이었다. 예전에도 한 번 경험해 보았던 일. 천마에게 육체의 주도권을 넘겨줬을 때와 비슷했다.

다만 차이가 있다면…….

'피곤하다.'

적시운은 눈을 감았다.

백진율, 그리고 무백. 두 강자는 적시운의 육체와 정신을 극

한까지 몰아붙였다. 특히나 무백이 보여준 광기와 집념은 적시운의 정신에까지 영향을 미쳤다.

그런 괴물들과 맞붙어 가까스로 승리했다.

그 반동이라 해야 할까. 적시운의 의식은 너무나도 깊은 곳까지 잠기고 말았다. 그 사실을 의식하고 있으면서도 어떻게 깨어야 할지 알 수가 없는 상황이었다. 루시드 드림(Lucid Dream)과 비슷한 것 같으면서도 다른 상황이었다.

'천마? 그곳에 있어?'

몇 차례 천마를 불러 보았지만 대답은 없었다. 딱히 의식하지 않더라도 멋대로 튀어나오던 평소와는 완전히 다른 상황이었다.

스르륵.

몇 번 천마를 부른 것만으로도 힘이 쭉 빠졌다. 기진맥진해진 적시운은 다시 눈을 감고 휴식에 빠졌다.

어쩌면 이대로 잠들어버려도 좋겠다는 생각이 들었다. 아마 그렇게 될지도 모른다는 예감마저 들었다. 그 사실에 불안과 공포가 솟구쳤으나, 휴식의 달콤함은 이내 적시운을 어둠 속으로 끌어당겼다.

2

[······마.]

천마는 걸음을 멈추었다. 주위는 작열하고 있었다. 사막의 건조한 바람이 모래들을 쓸어내고, 그럴 때마다 미세한 마찰음이 기묘한 화음을 만들어냈다.

하나 그것이 아니었다. 조금 전 천마의 귓가에 속삭인 것은 열사의 바람 소리 같은 것이 아니었다.

[천마······? 그곳에 있어······?]

깊은 내면으로부터 솟아오른 음성. 그 목소리의 주인이 누군지는 깊이 생각할 것도 없었다. 하지만 음성은 너무나 미약했다.

더불어 잠깐이나마 느껴졌던 적시운의 의식은 다시 무의식의 깊은 수면 아래로 가라앉아 버렸다. 다시 깨어나는 게 언제일지 장담할 수 없는 상황. 천마의 고뇌는 침묵 속에서 서서히 깊어졌다.

"······."

주머니로 향한 오른손이 자연스럽게 무언가를 꺼내 들었다. 무백에게서 회수한 아포칼립틱 코어. 대다수의 에너지를 소모해 버렸음에도 아직 제법 많은 양의 힘이 내장되어 있었다.

'아마 그 거대 거미의 내단과 비슷한 수준일 것이다.'

아라크네의 코어였다. 당시 적시운은 코어를 흡수함으로써 이능력 등급을 단번에 A급으로 끌어올릴 수 있었다.

그 정도로 거대한 힘을 지닌 코어를 다시 얻게 된 셈이었다. 이능력 강화가 아니라 내공 증진에 사용하더라도 상당한 효과를 볼 것이었다.

게다가 이 정도의 힘이라면…….

"시운 선배의 의식을 각성시킬 수도 있겠군요?"

"……!"

천마는 흠칫하여 코어를 집어넣었다. 깊은 생각에 잠긴 나머지 차수정이 자신을 넌지시 보고 있다는 것도 감지하지 못했다. 실로 그답지 않은 실수라 할 수 있었다.

"그렇죠? 천마 님도 그렇게 생각하고 계신 거죠?"

"무엇을 말이냐?"

"선배의 의식을 되돌릴 방법 말이에요. 그것에 대해 생각하고 계셨던 거잖아요?"

"망상이 심하구나, 계집아이야."

딱 잘라 일축하는 천마의 무뚝뚝한 반응에도 차수정은 실망하거나 언짢아하지 않았다.

"지금은 아무 말도 하지 않을게요. 결정권은 당신에게 있는 거니까요."

차수정은 그렇게만 말하고서 몸을 돌렸다.

"어쨌든 얼른 움직이도록 해요. 지금 이 순간에도 한국에선 무슨 일이 벌어지고 있을지 몰라요."

"흠."

"모아두었다는 기계 부품들이 있는 곳까진 얼마나 가야 하죠?"

"이곳이다."

천마의 대꾸에 차수정이 주변을 두리번거렸다.

"모래밖에 없는데요?"

"파묻혔을 테니까."

짤막히 대답한 천마가 오른팔을 끌어당겼다.

차수정이 눈치 빠르게 천마의 등 뒤로 물러났다.

천마는 활개를 치듯 팔을 휘둘렀다.

일순 거대한 광풍이 불어닥치더니 모래 언덕을 휩쓸었다.

파바바밧!

거대한 모래 둔덕이 파도처럼 휩쓸리며 흩어졌다. 그 아래쪽에 잠겨 있던 기계장치들이 햇살 아래 모습을 드러냈다.

솨아아아.

곳곳에서 모래가 쏟아져 내렸다. 그리 오래 파묻혀 있던 것도 아닐 텐데 구멍이란 구멍마다 모래알이 촘촘하게도 박혀 있었다.

"확인해 보거라."

"그러죠."

차수정은 파편들 사이를 오가며 각각의 기계 장치를 유심히 살폈다. 천마는 팔짱을 낀 채 그녀의 행동을 가만히 바라봤다.

10분쯤 지났을 때였다.

"잠시 이리로 와보실래요?"

말이 끝나기 무섭게 천마가 차수정 옆에 서 있었다. 잠시 얼떨떨해하던 차수정이 어깨를 으쓱였다.

"빨라서 좋네요. 어쨌든 여기에 백업 파일이 남아 있을지도 몰라요."

"……?"

"음, 그러니까 이 안에 순천자라는 분이 남아 있을지도 모른다고요. 전부는 아니더라도 최소한 일부분은요."

"일부분이라면 팔이나 다리만 남아 있을 수도 있다는 건가?"

"아뇨, 그렇다기보다는…… 전체 기억을 10으로 잡으면 그중 일부분만 남아 있을 수가 있다는 거예요. 그게 3일지 5일지, 아니면 9일지는 모르는 거고요."

"흐음."

천마는 여전히 아리송하다는 표정으로 침음을 흘렸다. 차수정은 삭월의 백업 드라이브에 묻은 모래를 털어냈다.

"다행히 드라이브 본체엔 손상이 거의 없는 것 같아요. 자체 구동도 가능하게 만들어져 있고요. 하긴 블랙박스나 다름 없는 물건이니 최대한 튼튼하게 만들어 놓았겠죠."

"……?"

"그러니까요. 음, 그냥 순천자란 분이 무사할 확률이 높다는 거예요."

"잘됐군, 그를 깨울 수 있겠느냐?"

"그게 문제예요. 드라이브를 구동하려면 동력원이 필요하거든요."

"동력원?"

"네. 쉽게 말하자면 전기, 뇌전 말이에요."

파지지직.

천마의 손아귀 위로 뇌전이 번뜩였다.

"이 정도면 되겠느냐?"

"잠시만요……. 동력 전환이 가능할지 확인해 볼게요."

차수정은 한참 동안 기계를 만지작거렸다. 유심히 지켜보기는 하였으나 천마로서는 뭘 어떻게 하는 건지 알 수 없을 따름이었다. 결국 허공섭물로 기계 틈새에 낀 모래알이나 빼며 소일했다.

"한번 이 통에다 전격을 먹여보실래요?"

"그러지."

천마는 차수정이 내민 금속 원통에다 전류를 흘려보냈다.

처음엔 아무 일도 일어나지 않아 소용없나 싶었으나, 이내 드라이브 장치가 가동되기 시작했다.

파직, 파츠츠츠.

백업 드라이브와 연동되는 홀로그램 프로젝터 위로 순천자의 형상이 나타났다.

-이…… 곳은……?

역시나 드라이브에 부착된 스피커에서 음성이 흘러나왔다.

천마는 흡족한 표정으로 차수정의 어깨에 손을 얹었다.

"수고했다."

순천자는 생각보다 빠르게 상황을 파악했다.

차수정의 예상보다도 백업 드라이브의 내구도가 빼어난 듯했다.

"운도 좋았던 것 같아요. 아무리 내구도가 뛰어나더라도 그 난리통에서 멀쩡하기란 쉽지 않았을 텐데."

-운이 아닌 필연이랍니다, 차수정 양.

"네?"

-격전의 와중에도 적시운 님은 이 백업 드라이브에 염동력 배리어를 펼쳐놓으셨습니다. 그게 제 목숨을 구한 것이지요.

"시운 선배가요?"

-예, 당시의 데이터가 제 안에 남아 있습니다.

차수정이 천마를 돌아봤다.

"알고 계셨어요?"

"적시운이 하는 일을 본좌가 모를 수는 없지. 그랬기에 기를 쓰고 순천자를 찾고자 한 것이다. 죽었다면 또 모르되 살아 있는 것을 버리고 갈 수야 없으니."

-저로서는 감사할 일이지요.

"정말 감사를 느낀다면 진실을 말해주었으면 하네만."

천마의 말에 순천자는 쓰게 웃었다.

-그때 사형이 했던 얘기 말씀이군요.

"그렇다네. 이쪽 세계의 본좌가 아직까지 살아 있으며, 대양을 건너가 타국의 황제가 되었다고 했었지?"

-예, 추측 단계의 가설에 가깝기는 합니다만…… 사형의 말마따나 심증은 매우 확고합니다.

"이쪽 세계의 본좌도 격체신진술을 사용한 것인가?"

-그렇습니다. 천마께오서 죽음을 맞이할 뻔하셨던 날을 기억하십니까?

천마의 눈빛이 서늘히 빛났다.

"본좌가 생각하는 그 날이 맞다면, 조금 전의 일처럼 생생하게 기억하고 있지."

적시운과 함께 쳐들어온 무림맹의 결사대……. 천마라는 인간의 삶은 그 시점, 그 자리에서 끝을 맞았다.

"본좌는 그날 그곳에서 적시운을 만났네. 그리고 이쪽 세계의 본좌는 적시운을 만나지 않았을 터."

"그렇다면 죽음을 맞이하지도 않았겠군요?"

"아마도, 하지만 목숨을 건졌다고 하더라도 매우 처참한 상태였을 것이다."

"그런가요?"

차수정이 물었다.

"음, 당사자에겐 미안한 얘기지만 애당초 적시운이라는 변수는 그렇게까지 큰 것이 아니었다. 녀석이 없더라도 본좌가 살아남았을 확률은 지극히 낮았을 것이다."

-실제로 천마께서는 그날 그 자리에서 죽음을 맞으십니다. 일단 공식적인 기록상으로는 말이지요.

"그게 무슨 뜻인가?"

-그날 살아남은 생존자가 한 명 있었습니다. 결사대에 소속된 무승 중 한 사람이었지요.

순천자의 설명에 천마가 눈을 빛냈다.

-무림맹의 영웅이 되어 부귀영화를 누릴 수 있었을 텐데도 무승은 모든 것을 거부하고서 암자로 돌아갔습니다. 그리고 종적이 묘연해졌지요.

차수정의 입이 살짝 벌어졌다.

"설마……?"

-당시 백도인들은 격체신진술에 대해 알지 못했습니다. 갖가지 술법에 능한 사형조차도 십여 년 후에야 겨우 알게 되었을 정도지요.

"……."

-게다가 천마신교의 침공으로 인해 온 강호가 난리통인 마당. 당시로선 일말의 의심조차 할 수 없었을 겁니다.

"설마 그 무승의 몸속에……."

"본좌의 의식이 들어갔을 거라고 말이군."

두 사람의 말에 순천자는 고개를 끄덕였다.

-저와 사형이 그분의 생존을 알게 된 것은 그로부터 10년 후의 일입니다.

"뭔가 계기가 있었던 건가?"

-그렇습니다. 당시 산산이 분열되어 무림맹에게 사냥당하던 본교의 무리가, 청성산(靑城山)부근에서 몰살당할 뻔한 적이 있었지요.

"설마……."

-절체절명의 상황에 홀연히 나타난 한 사람이 있었습니다. 백발을 흩날리는 노고수였지요. 그는 단 한 번의 살초를 펼쳐 무림맹의 추격대 백 인을 몰살시켰습니다.

차수정이 천마를 돌아봤다. 굳게 입을 다물고 있던 천마가 넌지시 물었다.

"네가 직접 목도한 것이더냐?"

-그렇습니다. 그 초식은 분명 천마검의 최종식인 아수라검계였습니다.

"······!"

-당시 저 외에도 천마검을 알아본 장로들이 있었습니다. 사형은 그중 일부를 후에 생포하여 고문을 통해 정보를 캐냈지요.

"······."

-하나 그 이후로 천마께선 저희 앞에 모습을 드러내시지 않으셨습니다. 그 후로는 저희도 무림맹도 형태를 바꿔가며 살아남았지요. 지금 이 순간에 이르기까지 말입니다.

"이쪽 세계의 본좌가 대양을 건너갔다는 얘기는 뭐지? 그것에도 뭔가 사연이 얽혀 있나?"

-예, 저나 사형이나 직접 목도하진 못했기에 심증이라고만 표현하는 것입니다만······.

"말해보게."

-그것은······.

순천자의 홀로그램이 흐릿해졌다. 미간을 구긴 천마가 차수정을 돌아봤다.

"동력이 떨어진 거예요."

"다시 전격을 먹이면 되나?"

"잠시만요."

배터리 쪽을 확인한 차수정이 고개를 저었다.

"아무래도 안 되겠어요. 배터리 단자가 완전히 녹아내렸어요."

"고칠 수 없다는 뜻이냐?"

"부품을 교체해야 해요. 그러려면 도시로 돌아가야 하고요."

"쯧."

나직이 혀를 찬 천마가 허공섭물로 백업 드라이브를 들어올렸다. 그러고는 왼팔을 차수정 쪽으로 내밀었다. 차수정은 뭔가를 달라는 건가 싶어 어리둥절해 했다.

"안겨라."

"네?"

"본좌에게 안기란 말이다. 허공섭물로 들려가기 싫으면."

"가, 갑자기 왜……?"

"네가 내심 바라는 일이 아니더냐? 적시운에게 안기는 것 말이다."

차수정의 얼굴이 새빨갛게 달아올랐다.

그녀의 반응을 보며 천마가 혀를 찼다.

"지금 본좌는 네게 선물을 주려는 것이다. 네 덕에 순천자를 살려낼 수 있었으니 그에 합당한 대가를 지불하려는 거란 말이다."

"아, 알겠어요."

주춤거리며 다가온 차수정이 조심스레 품에 안겼다. 천마는
곧장 왼팔을 구부려 그녀를 꽉 붙들었다.

"앗……."

"단숨에 날아갈 것이니 마음의 준비를 하거라."

"아, 알겠……."

파앙!

거대한 모래 폭풍을 터뜨리며 천마의 신형이 남동쪽으로
쏘아져 나갔다.

3

"한데…… S랭크 텔레패스의 정신 공격을 막아낼 대처 방안
은 있는 것이오?"

신서울로 돌아하는 비행선 내부에서 권창수와 김성렬, 임성
욱은 머리를 맞대고 있었다.

"솔직히 말씀드려도 되겠습니까?"

"아니, 듣지 않아도 알 것 같구려."

세 사람은 누가 먼저랄 것 없이 한숨을 내쉬었다.

"그 여자, 은여월이 이야기를 꾸며냈을 가능성은…… 역시

없겠지요?"

"아까도 말씀드렸지만, 꾸며낼 거라면 더 그럴싸하게 했을 겁니다."

"후……."

했던 말이 반복되는 것은 그만큼 상황이 좋지 않다는 뜻이다. S랭크의 무게감이란 그런 것이었다.

"보유 중인 이능력 억제 장치를 풀가동하면 되지 않겠소?"

"그건 지엽적인 해결책일 뿐, 근본적인 해결책이 되진 못합니다. 하물며 정신 지배 능력자라면 말할 것도 없지요."

마인드 컨트롤의 가장 무서운 점은 그 불확정성에 있다. 예측 못 할 시점의 예측 못 할 장소에서, 예측 못 할 형태로 공격해 들어올 수 있다. 그것만으로도 이미 절반 이상은 밑지고 들어가는 것이다.

"우리가 보유한 억제장을 최대치로 가동해도 국민 모두를 보호하는 건 불가능합니다. 게다가 S랭크 이능력자의 힘이라면 어지간한 억제 장치로는 씨알도 먹히지 않을 테고요."

"으음……."

"그 이능력자의 인상착의라도 알 수 있다면 좋을 텐데요."

쿠구구구.

비행선 아래로 신서울이 모습을 드러내고 있었다. 임성욱은 창밖으로 비치는 옛 천안의 폐허를 지그시 바라보았다.

"우선은 도시 방비에 최선을 다하는 수밖에요."

권창수는 원시적이면서도 가장 확실한 방법을 택기로 했다. 지하 도시 내부로 아무도 들이지 않는 것이었다.

완전 폐쇄령이 내려진 도시에서 수백 기의 무인 드론들이 날아올랐다. 각각의 드론은 경기도 동부와 강원도 일대를 중점적으로 수색하기 시작했다.

더불어 비상 회의를 소집했다. 데몬 오더와 동백 연합의 수뇌부가 긴장이 역력한 얼굴로 호출에 응했다.

"뭐야, 벌써 마수 놈들이 나타난 거?"

"일본 쪽 마수들 때문에 여러분을 호출한 것은 아닙니다. 그에 준하는 위기 상황이라는 것은 분명하지만 말입니다."

장내의 모두가 의아한 표정으로 서로를 돌아봤다. 권창수는 최대한 요점만을 추려내어 설명했다. 대부분 어안이 벙벙하다는 표정이었지만 헨리에타 일행만큼은 그렇지 않았다.

"이거, 그 미친년 얘기 맞지, 헨리에타?"

"틀림없어, 다크 레이븐 에블린이야."

"그녀에 대해 자세히 알고 계십니까?"

권창수의 질문에 헨리에타는 떨떠름하게 고개를 끄덕였다.

"자세하다고 할 정도는 아니에요. 북미 제국에 있을 때 적시운에게 제압당한 여자였죠. 사실상 적시운 혼자 싸웠기 때문에 저희는 맞서 본 적이 없어요."

그리고 지금 이 자리엔 적시운이 없다. 어느 누구도 말을 꺼내진 않았지만 모두가 알고 있는 점이었다.

"뭐라도 좋습니다. 그녀에 대한 정보를 제공해 주시겠습니까?"

"인상착의와 대략적인 능력 정도라면 알려드릴 수 있어요."

"그나마 불행 중 다행이군요."

"그런데…… 정말로 에블린이 대양을 건너온 게 사실인가요?"

"정보 제공자의 말에 의하면 그렇습니다."

권창수는 세실리아 일행의 탈주극과 추격전에 대해서도 설명했다. 그렉과 헨리에타는 그제야 알 것 같다는 표정을 했다.

"맞아요, 한국계 여성 과학자…… 김은혜가 빼돌린 데이터가 그것이었어요."

"그것이라면……?"

"태평양의 기후 패턴 말이에요. 세실리아 일행은 그것과 추가 데이터를 분석해서 대양을 건넌 게 분명해요."

"그렇다면 무엇 때문에 대양을 건넌 것일까요?"

"아마도 적시운을 만나기 위해서겠죠."

헨리에타는 어두운 표정으로 한숨을 쉬었다.

"북미 제국도 이곳만큼이나 혼란스러운 상황인 게 분명해요."

그때 회의실 문을 열고 서기관 한 명이 뛰어 들어왔다.

귀엣말로 무언가를 전달받은 권창수가 심각한 표정으로 좌중을 돌아봤다.

"북미 제국의 침입자들…… 그들의 현 위치를 파악했다고 합니다."

"그게 어디죠?"

"평창 부근입니다."

생각보다도 내륙 깊이 들어와 있었다. 근처에 변변한 도시가 딱히 없다고는 하지만 안심할 단계도 결코 아니었다.

"생각보다도 빠른데요. 서쪽으로 50㎞ 정도만 가도 경기도가 나올 거예요."

얼떨떨하게 중얼거리는 문수아를 보고 밀리아가 반사적으로 자리를 박차고 일어났다.

"그년이 더 가까이 오기 전에 막아야 해!"

"이번만은 밀리아의 말에 동감이에요. 정신 지배 능력자가 인구 밀집 지역으로 들어선다면 감당할 수 없게 될 거예요."

"하지만 무슨 수로 막는단 말이오?"

김성렬의 질문에 헨리에타의 말문이 막혔다.

"그건……."

"시간 낭비를 할 순 없으니 단도직입적으로 물으리다. 여러분이라면 그 정신 지배 능력자의 힘에 저항할 수 있겠소이까?"

"까짓것 한번 해보죠!"

밀리아가 가슴을 탕 치며 대답했지만 김성렬은 여전히 냉랭했다.

"한번 해보겠다는 식은 곤란하오. 마음만 앞선 행동이 자칫 우리 모두를 위험에 빠뜨릴 수 있소."

"윽……."

가만히 대화를 듣던 권창수가 입을 열었다.

"현존하는 최고 레벨의 이능력 억제 장치는 A랭크까지의 이능력을 상쇄시킬 수 있습니다. S랭크 이능력까지는 무리일 테지만, 그래도 사용할 경우 어느 정도의 방어 향상 효과는 보일 겁니다."

권창수는 헨리에타 일행을 바라봤다.

"그걸 제공해 드린다면, 에블린이라는 인물의 정신 지배를 방어하실 수 있겠습니까?"

"그건……."

일행의 시선이 그렉에게로 향했다. 이런 식의 계산에는 그가 가장 능했던 것이다. 팔짱을 낀 채 침묵하던 그렉이 짤막히 말했다.

"어려울 것이다."

"해보지도 않고 포기하는 거야?"

"안 될 일에 고집스럽게 매달리는 것보단 빠르게 포기하는 편이 모두에게 이롭지."

"흥, 겁쟁이 같으니."

그렉은 들은 척도 하지 않았다.

"그럼 답은 나왔구려."

김성렬이 말했다.

"무인 기갑군을 출격시키겠소."

"무인 기갑군이라고요?"

"인간이 아닌 AI에 의해 조종되는 기간틱 아머를 뜻합니다."

권장수가 간략히 설명했다.

"아직 AI 레벨이 높은 편이 아닌지라 간단한 명령밖에 수행하지 못합니다. 엄밀히 말해 프로토타입이 개발 중이라고 해야겠지요."

"그런 게 몇 기가 있는 거죠?"

"프로그램이 깔린 기간틱 아머는 총 30기입니다. 그렇지요, 김 장관님?"

"정확히 32기요."

"보고에 따르면 에블린을 호위하는 병력은 100에서 200명 사이라고 합니다. 무인 드론의 분석에 의하면 이능력자는 아니라더군요."

"해볼 만하겠군."

정신 지배 능력자의 단점이라면 역시 이것, 생명체가 아닌 존재에겐 능력 자체가 무용지물이란 점이었다. 그 때문에 호위 병력을 대동한 것이겠지만, 수치상으로 보자면 충분히 해볼 만하다는 게 김성렬의 생각이었다.

다른 사람들은 당장에 특별한 대책이 떠오르지 않았다.

"그럼 일단은 무인 기갑병을 출진시켜 보죠."

몇 분 후 AI에 의해 구동되는 기간틱 아머 부대가 출격했다. 무인 기갑병 부대는 무인 드론이 전송해 준 데이터를 좇아 평창 부근으로 진격했다.

에블린과 추격대는 일찌감치 이를 간파했다.

"흥, 어쩐지 날파리라기엔 좀 커다랗다 싶은 것들이 날아다니더라니."

평창 부근의 고지대 서쪽 평야에서 흙먼지가 일어나고 있었다.

에블린은 냉소를 머금고서 부관을 돌아봤다.

"어때? 뭐가 좀 보여, 벡스터?"

"기간틱 아머 부대입니다. 도합 32기. 반투명 창에 비치는 조종석 내부를 보건대 무인 조종 모드인 것으로 보입니다."

"몇 마리인지도 다 보이나 봐? 나는 먼지 때문에 아무것도 안 보이는데. 과연 강화 인간은 뭔가 다르네."

오스카리나보다도 훨씬 진일보한 강화 인간.

벡스터를 비롯한 200여 명의 추격대는 북미 제국이 자랑하는 생체 공학 기술의 상징과도 같았다. 이들에 비하면 오스카리나 같은 구버전은 신인류란 표현이 무색할 정도였다. 그렇기에 에블린은 조금도 긴장하지 않았다.

"너희들 몇 명 정도면 저것들 다 조져 버릴 수 있을 것 같아?"

"동수의 인원 이상이 전투에 임한다면 한 명도 죽지 않고 전멸시킬 수 있을 것입니다."

"좋아, 그럼 너 혼자 가서 싸워."

벡스터가 말없이 에블린을 돌아봤다. 불만이나 짜증 같은 인간적인 감정은 조금도 실려 있지 않은 표정이었다.

"알겠습니다."

"내가 이런 명령 내렸다고 해서 삐친 건 아니지?"

"유일존이신 황제 폐하께서 에블린 님의 지휘를 따르라고 명하셨으니, 그저 말씀을 받잡을 따름입니다."

"에휴, 하여간 재미없는 놈들이라니까."

에블린이 손가락을 까닥거렸다.

"이리 와봐. 대뇌에 걸어놓은 프로텍트는 전부 해제하고."

벡스터는 그녀가 하라는 대로 했다. 에블린은 자기보다 30㎝는 더 높은 벡스터의 정수리에 손을 얹었다.

"좀 숙여봐, 팔 아프잖아!"

벡스터는 불평 없이 그녀의 말을 따랐다.

"에이스 오브 스페이드(Ace of Spade)."

파앗!

일말의 변화조차 없던 벡스터의 눈이 처음으로 휘둥그레졌다. 조금 전 자신의 머릿속에서 변화가 일어났음을 깨달은 까닭이다.

"모든 인간의 뇌 안엔 생체적 리m가 존재하지. 그 경계점은 사람마다 다르고, 잠재력의 크기 또한 천차만별이야."

"……."

"그리고 나는 그 리m를 인위적으로 해제할 수 있지. 요령 자체는 세뇌하는 거랑 거의 같거든."

S급 이능력자이기에 가능한 능력, 인간의 잠재력을 인위적으로 해방시켜 기존의 몇 배에서 수십 배에 이르는 전투력을 내게끔 만든다. 실제로 벡스터는 몸속에서 넘쳐나는 힘을 주체하지 못하고 있었다.

에블린은 벡스터의 등짝을 손바닥으로 내려치며 말했다.

"알았으면 얼른 다녀오라고. 잠재력 각성은 영원한 게 아니라서 언제 끝날지 몰라."

"알겠습니다."

제한 시간이 있는 거라면 각성보다는 도핑이라 부르는 게 어울리지 않을까 싶었으나 벡스터는 굳이 반문하지 않았다. 그는 황제의 친위대, 어디까지나 황제의 명령에 절대복종할 따름이었다.

쿠구구구.

다가오는 흙먼지 줄기를 응시하던 벡스터가 훌쩍 몸을 날렸다.

그리고 30분 후, 다시 한번 서기관이 권창수에게 귓속말을 건넸다.

"무인 기갑병 부대가…… 전멸했다고 합니다."

"……!"

묵직한 충격이 장내를 흔들었다. 특히나 김성렬이 받은 충격은 다른 이들의 그것보다도 클 수밖에 없었다.

"적군의 피해 상황은?"

"전무하다고 합니다."

"큭……!"

김성렬이 뿌드득 소리가 나도록 이를 악물었다.

"그렇다면 방법은 하나뿐이겠구려. 곡사포와 미사일을 모조리 때려 붓는 수밖에."

"무의미해요."

헨리에타가 반대하고 나섰다.

"맨몸으로 기간틱 아머를 상대한다는 건 최소한 저희와 비슷한 전투력을 지녔다는 뜻인데, 재래식 화약 병기만으로 전멸시키는 건 어려울 거예요."

"그럼 뭔가 좋은 방법이라도 있소?"

"그건……."

헨리에타의 얼굴이 어두워졌다.

"본좌에게는 있지."

익숙한 목소리와 함께 회의실의 문이 열렸다.

4

우르르르!

실내의 모두가 한꺼번에 일어서는 바람에 짤막한 소란이 일
었다.

"시운 님!"

"적시운, 자네!"

"돌아오셨군요!"

모두가 한마디씩 소리치는 바람에 소란이 길어졌다. 차수정
은 작게 한숨을 쉬었고 천마는 귀찮다는 듯 혀를 찼다.

"다들 입을 다물어라. 본좌가 긴히 할 말이 있으니."

"본좌가 뭐예요, 시운 님?"

다물라는 말이 무색하게 곧장 반문하는 밀리아.

천마의 이마에 한줄기 힘줄이 희미하게 도드라졌다.

"너라는 계집은 정말 한시도 얌전하게 구는 법이 없구나."

"헤, 제가 좀 그렇죠."

"칭찬한 게 아니니 헤벌쭉거리지 마라."

"피, 너무하세요. 제가 시운 님 걱정을 얼마나 했는데요."

"본좌는 적시운이 아니다."

밀리아가 동그랗게 뜬 두 눈을 깜빡였다.

"예? 그건 또 무슨 농담이세요?"

"그러니까 지금부터 설명하려는 것이다. 그전에 네 입부터 봉할 필요가 있겠군."

"봉한다는 게 무슨 뜻인가요?"

적시운의 신형이 밀리아의 곁을 스쳐 갔다.

모두의 시각과 감각을 초월한 스피드에 적시운이 움직이고 약간의 시간이 지나고서야 그나마 예민한 이들만이 고개를 획 돌릴 수 있었다.

"……?"

잠시 어리둥절해 하던 밀리아가 입을 벙긋거리고는 양팔을 허우적거렸다.

"밀리아? 갑자기 왜 그래?"

밀리아는 대답 대신 헨리에타의 양어깨를 붙들고는 흔들어 댔다.

"자, 잠깐! 어지럽잖아. 도대체 왜 그러는 거야?"

대답 대신 손가락으로 혀를 가리키는 밀리아.

헨리에타가 여전히 어안이 벙벙해서 쳐다보려니 천마가 한 마디를 툭 던졌다.

"아혈을 짚었으니 한동안 지껄여대지 못할 것이다. 몸이 상하진 않을 테니 너무 요란을 떨지 마라."

사람들은 멍하니 서로의 얼굴만 쳐다봤다. 보다 못한 차수정이 말을 보탰다.

"이 사람은 시운 선배가 아니에요."

"……?"

"시운 선배의 몸속엔 강한 힘을 지닌 무술가의 망령이 있었어요. 그게 이 사람, 천마예요. 시운 선배가 그렇게 강했던 것도, 무공에 대한 조예가 깊었던 것도 모두 이 사람 때문이었고요."

가능한 한 간추려서 설명한 것이었지만 역시 모두 어안이 벙벙한 표정이었다.

'하긴 나부터가 믿기지 않는 일이니.'

차수정이 내심 한숨을 쉬는 사이, 천마는 권창수가 서 있던 단상에 올랐다. 권창수가 자리를 비켜주자 천마는 실내를 슥 돌아봤다.

그 시선과 표정을 직시한 이후에야 사람들은 차수정의 말을 약간이나마 이해하게 되었다. 적시운과는 다르다. 눈빛과

형색만 보아도 알 수 있는 사실이었다.

적시운이 무심함으로 속내를 감추는 타입이라면, 이 사내는 대놓고 드러내는 식이었다. 그렇게 드러난 감정의 골자는 결국 하나.

끝없는 광오함이었다.

"저 아이가 설명한 것은 대체로 옳다. 망령 따위의 가당치 않을 표현만 제외한다면 말이지."

천마의 입가에 미소가 걸렸다.

"본좌가 없었다면 적시운은 살아남지 못했을 것이다. 다시 말해 너희가 멀쩡한 몰골로 이 자리에 살아 있는 것은 전부 본좌 덕분이라는 말씀이지."

"……."

"감사 인사는 받지 않겠다. 어차피 앞으로도 연거푸 받게 될 테니까. 본좌는 전생에 미처 달성하지 못한 패업을 마무리할 것이다. 너희는 응당 본좌를 도와 마교의 천하 제패에 일조해야 할 것이다."

"……적시운이 아니라는 건 확실하게 알겠네."

착 가라앉은 분위기 속에서 헨리에타가 중얼거렸다. 그사이 마교의 장로들이 우르르 몰려나와 부복했다.

"비천한 노신들이 천마를 받잡나이다."

"마교 천하에 이 한 몸을 불사르겠습니다."

사람들은 어색함과 당혹감 속에서 장로들을 바라봤다.

흡족하게 미소 짓던 천마의 시선이 살짝 이동했다.

"너는 부복하지 않는 것이냐?"

시선의 끝엔 엘레노아가 서 있었다. 넙죽 엎드린 장로들이 고개만 힐끔 돌려 눈총을 보냈다. 엘레노아는 당혹감 가득한 표정이었지만, 끝내 부복하지는 않았다. 대신 천마에게 질문을 던졌다.

"그럼 적시운 님은 어떻게 되는 건가요?"

"네가 따라야 할 이는 본좌일 텐데? 적시운이 아니라 말이다."

"제가 따르는 분은 천마이십니다. 그리고 이 시대의 천마는 적시운 님이시고요."

"본좌가 아니라 말이더냐?"

"그렇습니다."

살짝 눈을 내리깐 엘레노아가 간신히 말을 이었다.

"천마께오선 이미 오래전에 돌아가신 분이시니까요."

"너를 품었던 게 적시운이 아닌 본좌였음을 알고서도 그리 말하는 것이냐?"

엘레노아의 안색이 창백해졌지만 눈빛은 조금도 흔들리지 않았다.

"그렇습니다, 전대 천마시여."

'전대'라는 말에 은근한 강조가 들어가 있었다. 그 의미를 모를 리 없는 천마가 빙긋 웃었다.

"너도 본좌가 망령에 불과하다고 생각하고 있군. 차수정이라는 저 아이가 그런 것처럼 말이야."

"그 몸의 주인이 시운 선배인 것은 사실이잖아요."

차수정의 반박에 장로들의 표정이 사색이 되었다. 천마가 울컥하기만 해도 이곳이 피바다가 되리란 것은 자명했던 까닭이다. 그러나 천마는 화를 내는 대신 피식 웃을 따름이었다.

"좋다, 너희와 저 가무잡잡한 아이는 적시운의 여자이니 어느 정도의 불민함은 감안할 수 있다. 게다가 지금은 급한 일이 따로 있기도 하니 넘어가도록 하지."

"가무잡잡한 아이라면 나…… 말이에요?"

"그렇다, 서방의 아이야."

헨리에타는 복잡 미묘한 얼굴로 입을 다물었다.

손짓으로 장로들을 일으킨 천마가 허공섭물로 순천자의 디스크 드라이브를 끌어당겼다.

"우선은 이것부터 두루 살펴 순천자를 살려내도록 해라."

권창수가 어딘가로 눈짓을 했다. 보안 요원이 다가와 디스크를 들고 나갔다.

"이제 본론으로 들어가지. 서방의 머저리들이 대양을 건너왔다지? 밖에서 듣자니 대강 그런 얘기인 것 같던데."

"예, 그렇습니다."

권창수가 재차 모니터에 화면을 띄웠다.

"헨리에타 님의 말에 의하면 저들을 통솔하는 자는 S랭크의 텔레패스(Telepath), 정신감응 능력자라고 합니다."

"그 계집이로군."

"알고 계십니까?"

"본좌가 한번 혼쭐을 내준 적이 있지. 능력은 제법 그럴싸하더군. 당시 본좌가 아니었다면 적시운은 큰 낭패에 빠졌을 것이야."

"그녀가 이끄는 병력이 도시와 같은 대형 공동체에 침투한다면 걷잡을 수 없게 될 겁니다. 그전에……."

"해치워야 한다는 말이지. 본좌가 처리하지."

"계획이라도 있는지요?"

"물론."

고개를 끄덕인 천마가 담담히 말했다.

"시우보를 펼쳐 단번에 날아가 천랑섬권으로 잔챙이들의 골통을 빠개고 붉은 머리 계집의 마혈을 짚어 무력화할 것이다."

"결국…… 그냥 닥돌하겠다는 거잖아."

문수아가 속삭이듯 중얼거렸다.

물론 그 정도를 듣지 못할 천마가 아니었다.

"작전도 계교도 결국은 적과의 전력 차를 극복하거나 더 유리하게 하기 위한 방편일 뿐이다. 그런 게 필요 없는 상황이라면 무의미한 계교는 복잡함만 초래할 뿐이지."

"……."

대놓고 말하니 할 말이 없어졌다. 그녀뿐 아니라 실내의 모두가 비슷한 심정이었다.

"이견이 없다면 본좌는 슬슬 가 보도록 하지. 돌아올 때까지 순천자를 살려놓도록."

"그 외에 뭔가 해야 할 일이 있겠습니까?"

"권창수라고 했던가? 당장은 없다. 그 계집을 고문할 방법이나 느긋하게 생각해 두면 될 것 같군."

그 계집이란 건 물론 에블린을 뜻하는 것이 틀림없었다. 적시운도 보여준 적이 없는 압도적인 자신감에 권창수는 쓴웃음만 지었다.

천마는 모두의 시선을 받으며 문으로 다가섰다. 차수정이 황급히 그 뒤를 따랐다.

"저도 갈게요."

"따라오지 말거라, 짐만 된다."

"천마쯤 되시는 분에게 저 정도의 사소한 짐쯤은 아무것도 아니잖아요?"

"……."

천마는 부정하자니 자존심에 금이 가는 상황이 마뜩잖아 혀를 찼다. 힐끔 보자니 몇몇 다른 이도 따라가고자 하는 눈치였다.

"더 데려갈 생각은 없으니 아무 말도 하지 마라."

그렇게 못을 박고 자동문 앞에 선 천마의 미간이 재차 찡그러졌다. 문밖에 누군가 서 있다는 걸 감지한 까닭이다. 자동문이 열리고서 나타난 얼굴은 적세연이었다.

"오빠, 역시 돌아왔구나."

"……."

천마는 그답지 않게 주춤했다. 다른 이들에게 한 것처럼 적시운이 아니라고 밝히면 그만이었지만, 쉽게 입이 떨어지질 않았다.

힐끔 옆을 보니 차수정이 눈빛으로 말하고 있었다.

'저 아이에겐 상처를 주지 말아요.'

뭐가 상처라는 건가 반문할 법도 했지만 천마는 그러지 않았다. 대신 적세연에게 다가가 그녀의 머리를 쓰다듬었다.

"나 없는 동안에도 잘 있었지?"

차수정의 눈이 휘둥그레졌다. 어조나 말투, 미세한 감정 표현까지의 모든 것이 적시운의 그것이었던 까닭이다.

적세연 역시 별다른 이질감을 느끼지 못한 듯했다.

"또 어디 가려는 거야?"

"응, 처리해야 할 귀찮은 일이 생겨서. 그래도 금방 돌아올 테니 걱정하지 마."

"알아, 다른 사람도 아니고 오빠잖아. 그래도 너무 기다리게 하지는 마. 언니랑 엄마가 기다리셔."

"물론이지, 그럼 다녀올 테니 멀리 나가지 말고 기다려."

"알았어."

차수정이 뒤를 돌아보자 권창수가 고개를 끄덕였다. 그러면 안심할 수 있었기에 차수정은 마음 놓고 천마를 따랐다.

"선배가 돌아온 건…… 역시 아니겠죠?"

충분히 거리가 멀어진 뒤에 입을 연 차수정의 작은 기대는 적시운의 입에서 대답이 흘러나오자마자 사라졌다.

"적시운은 아무런 반응도 없다."

"결국 당신이 연기했다는 거네요. 솔직히 깜짝 놀랐어요. 시운 선배랑 거의 흡사해서……"

"이 안에서 할 수 있는 일이라고는 적시운을 관찰하는 것이 전부니까. 게다가 본좌는 적시운의 기억을 속속들이 알고 있지. 적시운이 본좌의 지식과 기억을 아는 것처럼."

"게다가 흉내도 탁월하고 말이죠. 마음만 먹었다면 선배 행세를 하는 것도 충분히 가능했겠군요."

"그래, 하지만 본좌는 그러지 않는다."

"왜죠?"

"본좌는 천마이기 때문이지."

그거면 충분하다는 듯한 대답.

기가 막힐 정도의 자부심에 차수정은 쓴웃음을 지었다.

"선배는 돌아올 수 있겠죠?"

"모른다, 본좌로선 적시운이 돌아오지 않더라도 상관없고."

"거짓말, 정말 그런 거였다면 세연이 앞에서 연기를 했을 리 없잖아요."

"어린아이가 질질 짜기라도 하면 귀찮아질 것 같아서 그랬을 뿐이다."

"세연이, 저래 봬도 20대 후반인데요?"

"본좌에게 있어선 새파란 꼬마일 따름이다."

"그래요, 지금은 그렇다고 해두죠."

마땅치 않다는 눈으로 차수정을 돌아본 천마가 이내 고개를 돌렸다.

"단번에 날아갈 것이다. 쫓아오려거든 전력을 다하도록."

"알겠어요."

대답이 끝나자마자 천마가 신형을 쏘았다. 차수정은 있는 힘껏 그 뒤를 쫓았다.

"아, 그러고 보니."

헨리에타가 밀리아를 돌아봤다.

"너, 여전히 말할 수 없는 거지?"

밀리아가 몇 번 혀를 날름거려 보고는 고개를 끄덕였다.

"그럼 어쩌지?"

"모른다, 그가 돌아올 때까지 기다릴 수밖에."

그렉의 말에 헨리에타도 어쩔 수 없다는 표정을 지었다. 뭔가를 곰곰이 생각하던 아티샤가 입을 열었다.

"만약 그분이 돌아오지 않으신다면 어떻게 되는 거죠?"

"글쎄? 영원히 말을 할 수 없게 되려나?"

"……!"

밀리아의 얼굴이 울상이 되었다.

5

"흠, 동양 놈들이라고 우습게 볼 일은 아닌걸? 우리도 상용화하지 못한 AI 기간틱 아머를 써먹다니 말이야."

원주 근방의 평야, 대파된 채 곳곳에 널브러진 기간틱 아머 위로 연기가 피어오르고 있었다.

"뭐, 그래 봤자 고철 더미에 불과하지만. 안 그래, 벡스터?"

에블린이 굴러다니는 기계 부품을 발로 찼다. 그녀의 뒤로 벡스터가 우두커니 서 있었다. 온몸이 흠뻑 절은 채 흐르다 만 기름이 덕지덕지 묻은 모습은 피 칠갑을 한 살인마와 다를 바가 없었다.

"다친 데는 없지?"

벡스터를 걱정하여 던진 질문은 아니었다.

"그렇습니다."

"하긴 이 몸이 에이스 오브 스페이드까지 썼는데 응당 그래야지. 그래도 제법인걸, 전투력을 보자면 내 에이스들에 필적하겠어."

턱을 괸 채 미소 짓는 에블린을 벡스터는 무심한 눈으로 바라볼 따름이었다.

"심심한데 싸움이나 붙여 볼까?"

"······?"

"농담이야, 사실 여유 부릴 상황은 아니지. 이렇게나 빨리 요격 부대가 왔다는 건 우리의 상륙을 알아챘다는 뜻일 테니까."

에블린이 손가락을 튕겼다. 멀찍이서 대기 중이던 병력으로부터 네 신형이 떨어져 나와 다가왔다.

이윽고 그녀 앞에 부복하는 네 사람.

추격대의 대다수인 황실 친위대와는 다른, 에블린이 직접 데리고 온 충복들이었다.

이른바 4인의 에이스. 각기 스페이드, 하트, 다이아몬드, 클럽의 코드명을 지닌 강자들이었다.

"애들이 나섰다면 저 깡통들을 더 빨리 전멸시켰을 거야.

뭐, 너를 얕잡아 보려는 건 아니니 기분 나쁘게 생각하진 마."

"딱히 기분이 나쁘진 않습니다."

"착하네, 말도 잘 듣고. 하긴 그 괴물 새끼를 처리하려면 그쯤은 되어야지."

벡스터의 눈썹이 미세하게 움찔했다.

"우리의 목적은 탈주자 세실리아를 확보하여 귀환하는 것입니다만."

"내가 그깟 것도 모를 것 같아? 현실적으로 그 개자식과 부딪칠 수밖에 없으니 이러는 거잖아."

"코드네임 오펜하이머…… 적시운을 말씀하시는 겁니까?"

"그놈 말고 누가 또 있겠어?"

에블린이 뿌득 소리와 함께 이를 악물었다.

"아무리 군사 위성을 확보했다고 해도 이렇게까지 빨리 우리 위치를 파악한다는 건 말이 안 돼. 누군가가 정보를 미리 흘린 게 분명해."

"그게 세실리아일 거란 말씀입니까?"

"당연하잖아! 그 튀기 계집 말고 누가 또 있겠어? 엉?"

"……"

"멍청한 소리 좀 작작 지껄이란 말이야, 짜증 나니까."

듣는 사람도 절로 짜증이 날 법한 태도였지만 벡스터는 희미한 감정조차 드러내지 않았다.

"그자를 상대할 대책은 있습니까? 기록에 의하면 당신의 퀸 오브 하트도 먹히지 않은 것으로 압니다만."

"너희 모두에게 에이스 오브 스페이드를 걸겠어."

"다수에게 시전하는 것이 가능합니까?"

"각성의 계기를 주는 것뿐이니 어렵진 않아. 아무런 제약도 없이 너희의 전투력을 상승시켜 주는 셈이지."

"그렇지는 않을 텐데요."

에블린이 홱 고개를 돌렸다. 벡스터는 눈 하나 깜빡하지 않고서 말을 이었다.

"제약이 없다는 건 당신의 기준일 뿐, 각성하게 되는 저희로선 육체에 상당한 부하가 생기게 됩니다."

"하긴 너무 뻔한 거짓말을 했네……. 너는 바로 조금 전에 경험했는데 말이야."

벡스터가 왼팔을 들어 올렸다. 조각상 같은 하박근 위로 핏줄들이 불뚝불뚝 솟아 있었다.

"제가 강화 인간으로 태어나지 않았다면 그 기술의 부작용으로 폐인이 됐을 겁니다. 거기까진 미치지 않더라도 최소한 팔 하나는 못 쓰게 되었겠지요."

"하지만 그렇게 안 됐잖아? 폐인도 안 됐고 왼팔도 당장은 쓸 수 있겠네. 그럼 됐지 뭘 바라는 거야?"

"당신의 계획에 불만이 있는 것은 아닙니다. 단지 진실이 아닌 점을 수정할 필요가 있었을 뿐."

"흥, 어차피 내 능력 없이 그놈과 싸웠다간 너희 모두 죽을 뿐이야. 이러니저러니 해도 놈은 황혼의 순례자를 쓰러뜨린 괴물이라고."

"그 점엔 동의합니다. 적시운과의 전투에서 승리하려면 당신의 그 능력이 필수입니다."

"그럼 불만은 없는 거지?"

"없습니다, 당신이 우리의 본래 목적에 충실하기만 하다면."

"알아, 안다고. 그 혼혈 잡종 년은 내 손수 멱을 따줄게."

"가능한 생포해야 할 것입니다. 중요한 건 그녀가 아니라 김은혜입니다. 세실리아를 심문하여 그녀의 행방을 알아내야 합니다."

"안다니까!"

소리를 빽 지른 에블린이 고개를 돌렸다.

"재수 없는 버러지."

나직이 중얼거렸다지만 충분히 들렸을 것인데 벡스터는 별 반응을 보이지 않았다. 그 점이 에블린으로선 더 짜증이 났다. 뭔가 반응을 해야 욕을 하든 비꼬든 할 텐데 아무 반응도 없으니 답답할 따름이었다.

그때 벡스터가 돌연 입을 열었다.

"옵니다."

"뭐야?"

벡스터는 대답 대신 어딘가를 가리켰다. 그곳으로 눈을 돌린 에블린이 미간을 찌푸렸다.

"뭐가 있다는 거야? 아무것도 보이지 않는데."

"인간의 시력으로는 식별이 불가능할 것입니다."

"그럼 뭐하러 가리켰어?"

"그가 옵니다. 속히 저희를 도핑해 주시길."

에블린의 안색이 순간 딱딱해졌다.

"설마 그놈 말이야?"

"그자 외에 또 누가 있겠습니까? 시간이 없습니다. 서둘러야 합니다."

"알았으니까 명령하듯 말하지 마!"

투덜거리면서도 에블린은 급히 에이스 오브 스페이드를 시전했다. 그녀의 정신감응을 통해 각성 상태가 된 추격대원들의 눈이 붉은 안광을 토했다.

최고 레벨의 각성 상태였다. 온전히 전투를 마치더라도 기술의 부작용만으로 반 폐인에 이를 수 있는 수준이었다. 그럼에도 에블린은 거리낌 없이 능력을 풀 가동했다. 벡스터를 비롯한 추격대원들도 군말 없이 각성에 응했다. 어차피 싸움에서 패배하면 그다음은 없다. 어차피 죽을 거라면 조금이라도 더 승산이 높은 쪽을 택하는 게 옳았다. 하물며 죽음을 두려

워하지 않는 그들이라면 선택지는 언제나 하나밖에 없었다.

쿠구구구.

200명의 강화 인간이 다시금 강화되었다.

그 레벨을 가늠하자면 한두 단계가 아닌 수준. 지금 그들 개개인의 전투력은 기갑병 일개 소대에 필적할 수준이었다.

에블린은 마지막으로 자신의 네 에이스들에게도 에이스 오브 스페이드를 걸었다. 간신히 최소한의 이지만을 유지한 강화병 군단은 서쪽을 향해 정렬했다.

"너희 넷은 내 곁을 지키도록 해! 나머지는 당장 가서 적시운 놈을 찢어 죽여!"

"시키지 않아도 그럴 것입니다."

벡스터가 내뱉듯 대꾸했다. 얼굴뿐 아니라 온몸이 불안정한 상태인데도 묘하게 목소리는 차분했다.

"가자."

파파파팡!

강화 인간들이 땅을 박차고 뛰어올랐다. 경공이나 비행술 같은 게 아닌 육체의 힘을 이용한 순수한 도약이었지만 단번에 수십 m 높이까지 뛰어오른 그들이 무시무시한 속도로 쇄도했다.

숲에 먹혀 버린 도시, 오소독스.

한때 마천루들이 자태를 뽐내고 수십만의 인구가 소란스레 살아갔을 그곳엔, 이제는 숲에 반쯤 먹힌 폐허만이 남아 있을 따름이었다.

그러한 도시의 거리 위를 누군가가 걸어가고 있었다. 일견 허름한 것 같으나 실상은 값비싼 아티팩트인 잿빛 로브를 걸친 여인. 후드의 틈새로 흘러나온 금빛 머리칼이 비스듬한 햇빛을 튕겨냈다.

여인은 낡아빠진 창고 앞에 멈춰 섰다. 한때 인적이 있었던 듯, 각종 잡동사니가 쌓여 있는 곳이었다.

"듣자 하니 적시운이 이곳을 아지트로 사용했었다더군."

익숙한 음성에 여인이 몸을 돌렸다. 후드를 벗은 그녀는 놀랄 만한 미인이었다. 하나 상대방은 어떠한 사심이나 감탄도 없는 눈빛이었다. 이는 그만큼 그의 정신이 올곧다는 뜻이었다.

'더군다나 지금과 같은 때에.'

에메랄드 시타델의 여백작, 오스카리나는 허리를 숙여 예를 취했다.

"오랜만이에요, 아킬레스 님."

"그렇구려, 백작."

펜타그레이드의 일원, S랭크 텔레포터인 퀀텀 리퍼 아킬레스가 피곤한 미소를 지었다.

"그간 잘 지내셨소?"

"저야 뭐……. 아킬레스 님이 겪으신 고충에 비하면 호의호
식하며 지냈죠."

정말 그렇게 편하게 지냈을 리는 없다. 공식적인 처벌은 없
었다지만 오스카 백작에 대한 감시와 압박은 결코 얕은 수준
이 아니었다. 하지만 그 정도에 징징거렸을 거라면 시타델의
백작이 되지도 못했을 터. 오스카리나는 아킬레스의 생각보다
도 시련을 잘 견뎌내고 있었다.

"여기까지 오시는 게 쉽지만은 않았을 터인데."

"요사이엔 감시가 약해진 편이라 괜찮았어요. 아킬레스 님
은 어떠시죠?"

"펜타그레이드에겐 감시가 붙지 않소. 붙더라도 별 의미가
없고."

"하긴……. 더군다나 다른 사람도 아니고 아킬레스 님이라
면 더더욱 무의미하겠네요."

이것으로 서로의 안부는 물을 만큼 물은 셈이다. 아킬레스
는 거두절미하고 본론으로 들어갔다.

"제국 보안부의 기밀 정보를 네이트가 빼돌렸소. 추격대가
보낸 보고가 끼어 있더군."

오스카리나가 눈을 빛냈다.

"어떻게 되었죠?"

"탈주자들은 대양을 건너는 데엔 성공한 모양이오. 하지만 추격대의 급습을 받아 궤멸적인 타격을 입은 모양이더군."

오스카리나는 자신도 모르게 주먹을 꼭 쥐었다.

"그의…… 적시운에 대한 내용은 없었나요?"

"흠……."

시우보를 펼쳐 접근 중이던 천마도 추격대원들의 변화를 눈치챘다. 기실 기척을 느낀 것은 한참 전이었지만 굳이 급습하지 않고 정면 공격을 택한 것은 적이 어떻게 나올까 하는 호기심 때문이었다.

"특이한 수법을 사용하는군. 하긴 저 정도 송곳니조차 준비하지 않고서 본좌에게 맞서는 건 자살행위일 테지."

"시운 선배였다면…… 하아, 그러지 않았을…… 하악, 거예요."

천마가 힐끔 고개를 돌렸다. 가까스로 따라붙은 차수정이 가쁜 숨을 가다듬고 있었다.

"제법이로구나. 중간에 포기하고 나자빠질 줄 알았거늘, 본좌가 너란 아이의 근성을 너무 얕잡아 보았나 보군."

"왜 저들에게 여유를 준 거죠?"

"놈들의 전력을 확인하고 싶었기 때문이다."

"그 때문에 상황이 불리해질 수도 있는데요? 시운 선배라면 절대 그러지 않았을 거예요."

"적시운에게 아쉬운 점이 그것이지. 천마의 좌를 계승하기엔 배짱이 조금 부족하단 말씀이야."

"선배는 그런 자리를 원하지도 않을 거예요."

"말대꾸 하나는 또박또박 잘도 하는군."

빙긋 웃은 천마가 손을 내저었다.

"유난을 떠는 것도 그쯤 했으면 됐다. 위험하니 물러나 있거라."

"저 정도 상대라면 저도……."

"놈들 때문에 위험하다는 것이 아니다."

너무나 당당한 태도에 차수정은 감탄마저 느꼈다.

"더 이상 본좌의 곁에 있다간 너 또한 휘말리게 될 것이다. 그러니 물러나라. 세 번 말하지는 않겠다."

"알겠어요……."

차수정이 뒤편으로 훌쩍 물러났다.

이제 북미 제국의 강화 인간들은 수백 m 거리까지 접근해 있었다. 경공을 펼치지도 못하며 날 수 있는 것도 아닌지라 폴짝폴짝 뛰어다니는 모습이지만 그 한 번의 도약이 백여 m에 육박하게 된다면 더 이상 우습게 보이지 않을 것이다.

그러나 천마는 담담히 웃었다. 천마에게는 우스웠기 때문이다.

"오너라."

고금제일인이 말했다.

"한바탕 놀아보자꾸나."

6

"아쉽게도 아직은 없소. 보아하니 추격대는 갓 상륙한 모양이더군."

아킬레스의 대답에 오스카리나는 복잡한 표정이 되었다.

"아킬레스 님께서 다시 한번 건너가 보시는 건…… 역시 어렵겠죠?"

"아무래도 어렵겠소. 비록 감시는 없다고 하지만…… 또 한번 칙령을 어긴 게 발각될 시엔 나조차도 후폭풍을 감당할 수 없을 거요."

"그런가요."

오스카리나의 음성엔 아쉬움이 진하게 배어 있었다.

후폭풍을 감안하더라도 한 번 시도해 볼 수 있지 않을까 싶기도 했다. 아킬레스 본인의 말마따나 감시가 없는 이상, 그가 대양을 건너갔다는 사실을 확인할 길은 없을 테니. 하지만 그러기를 종용할 수는 없었다.

선택은 어디까지나 아킬레스의 몫이었다. 그녀가 이래라저
래라 할 일이 아니었다. 게다가 지난번에 대양을 건넜다는 사
실 역시, 별다른 감시망이 없었음에도 발각됐었다는 걸 생각
한다면 더더욱 그랬다.

"한데……"

아킬레스가 무심한 어조로 운을 뗐다.

"정작 탈주자 무리엔 김은혜가 속해 있지 않은 모양이더군."

"그런가요."

"내게까지 숨길 것이 뭐 있겠소? 이미 알고 있었으면서 연기
하실 필요는 없다오."

"……"

"왕년의 핵심 연구원이었다고는 하나 지금은 그저 평범한
노부인일 뿐. 그녀가 대단한 재주가 있어 몸을 숨겼을 리는 없
을 것이오. 결국 백작의 도움이 있었다고 볼 수밖에."

오스카리나는 작게 한숨을 쉬었다.

"그녀의 얘기를 꺼내시는 이유를 알 수 있을까요?"

"김은혜를 만나고 싶소. 도와주실 수 있겠소?"

아킬레스를 바라보는 오스카리나의 눈동자가 미세하게 떨
렸다.

"제가 알기로 아킬레스 님께서 그녀와 접촉해야 할 이유는

없을 텐데요."

"그런 이유야 없다가도 생기는 게 아니겠소?"

"아킬레스 님께서 어떤 분이신지는 잘 알지만, 그렇다고 함부로 정보를 누설할 순 없어요. 정말 그녀를 만나야겠다면 합당한 이유를 밝혀주시길 바랍니다."

미묘하게 딱딱해지는 어조에 아킬레스는 피식 쓴웃음을 지었다.

"우리 사이에도 힘들다는 말씀이오?"

"빌어먹을."

갑작스레 욕설을 내뱉은 오스카리나가 아킬레스가 물끄러미 바라보더니 그녀가 허리춤에서 이온 블레이드를 빼들었다.

"백작, 지금 무슨 말씀을……."

"한 방 먹었다는 걸 인정해야겠어. 방금 전까진 조금도 눈치챌 수 없었어."

"……."

"아킬레스 님에 대해 무던히도 조사한 모양이지? 표정이나 말투, 사소한 행동거지까지 동일할 정도라니 말이야."

"후……."

아킬레스가 헛웃음을 지었다.

"어디서 눈치챘데?"

조금 전과 같은, 그러나 풍기는 느낌은 전혀 다른 목소리.

아마도 상대방의 진짜 말투일 터였다.

"진짜 아킬레스 님이었다면 친분을 핑계로 의도를 얼버무리지 않았을 거야. 이유를 말하라 한다면 주저하지 않고 말했을 테지. 그게 펜타그레이드고 퀀텀 리퍼니까."

"흠, 그렇군. 나도 아직 멀었구만."

아킬레스의 얼굴이 미묘하게 일그러졌다.

점토로 빚어낸 조형물이 질척해져선 녹아내리는 듯한 기묘한 현상과 함께 얼굴뿐 아니라 체형까지 변형되고 있었다.

2m 가까이 되는 아킬레스의 체구가 오스카리나보다 약간 큰 정도로 줄어들었다. 얼굴 또한 오스카리나가 난생 처음 보는 사내의 모습으로 바뀌었다.

"위장술사(Disguiser)⋯⋯!"

"정답, 제국 정보국 소속 요원 네버모어라고 한다."

"정보국 소속⋯⋯."

어떻게 아킬레스에게만 가르쳐 준 비밀 경로로 연락할 수 있었는지 대강 짐작이 되었다.

우우웅.

이온 블레이드의 칼날이 방출되었다. 네버모어는 힐끔 칼날을 내려다보고서 웃었다.

"어쩔 생각?"

"궁지에 몰린 생쥐가 달리 어쩌겠어? 물어뜯어라도 봐야지."

"생각보다 겸손한 편이시군. 본인이 고작 생쥐라는 건가?"

"네가 고양이라고 말한 적도 없는데?"

오스카리나가 신중히 칼날을 겨누었다.

변형술사의 변종이라 할 수 있는 위장술사는 몸의 체질뿐 아니라 근밀도와 골격까지 변화시킬 수 있다. 하지만 그 폭은 강화계 능력자들에 미치지 못한다.

한마디로 변장은 완벽하나 전투 능력은 떨어진다는 것. 맞서 싸운다면 오스카리나가 밀릴 이유는 없었다.

'다만 문제는……'

놈이 무엇을 숨기고 있느냐는 것이다. 아무 대책도 없이 여기까지 왔을 리는 없으니, 동료나 암기 따위를 숨겨 두었을 것이었다. 때문에 머릿속이 자연히 복잡해졌다. 경우에 따라 놈을 포로로 잡거나 그렇지 않으면 단번에 멱을 따야 했다.

"머리 굴러가는 소리가 여기까지 들리는 것 같군."

네버모어가 웃는 낯으로 중얼거렸다. 여유가 넘치는 태도가 짜인지 허세인지는 알 길이 없었다.

오스카리나는 결심을 굳혔다.

"혼자 죽지는 않아."

"잠깐만, 백작 아가씨. 지금 무슨 생각을 하는 거야?"

"뒈질 때 뒈지더라도 최소한 너만큼은 길동무로 데려가 주겠다는 거다."

"당신이 왜 죽는데?"

"반역의 대가는 사형이니까."

"당신이 언제 반역을 했다는 거지?"

오스카리나는 순간 말문이 막혔다.

"순진하다 못해 멍청하기까지 한 질문이군. 조금 전의 대화만으로도 심증은 충분하지 않나?"

"글쎄……. 나는 잘 모르겠는데."

"……."

오스카리나는 혼란스러워졌다. 대체 놈의 생각이 뭔지 읽어낼 수가 없었다.

'단순히 시간을 벌려는 건지도 몰라.'

그런 거라면 더 대화를 끌어서 좋을 게 없었다.

오스카리나가 거리를 좁히자 네버모어가 손을 내밀었다.

"좋아, 요점만 말하지. 나는 이 자리에 홀로 왔고 어떠한 기록 장치나 아티팩트도 챙겨 오지 않았어. 다시 말해 당신을 반역자로 엮을 만한 물증은 하나도 없다는 거지."

"그래서 뭐 어쩌란 거지? 네놈이 위험하다는 건 매한가지인데."

"오늘 일을 누설하지 않겠다면?"

오스카리나가 주춤했다.

"대체 무슨 꿍꿍이지?"

"내가 당신 편이라는 거지."

"아킬레스 님이 보낸 건가?"

"아니, 그렇지는 않아. 그 늙은이는 우리가 데이브레이크의 정보망을 해킹했다는 것도 모르고, 내가 당신을 불러냈다는 것도 몰라."

"우리?"

네버모어는 빙긋 웃기만 했다.

오스카리나는 어렵잖게 그의 말을 조합하여 하나의 결론을 도출했다.

"너희도 반역자라는 건가?"

"관점에 따라선 그렇게 볼 수도 있겠지. 이제 이온 블레이드 좀 치워주겠어?"

잠시 침묵하던 오스카리나가 고개를 저었다.

"아니, 그럴 순 없지."

"어째서?"

"그 말이 거짓말일 수도 있으니까. 나를 안심시켜 위기 상황을 벗어나기 위해……."

획!

순식간이었다. 단번에 오스카리나에게 달려든 네버모어가 그녀의 손목을 꺾어 이온 블레이드를 낚아챘다. 겨누고 겨누어지는 입장이 단숨에 뒤집혔다.

오스카리나는 경직된 얼굴로 마른침을 삼켰다.

"위기 상황이 뭐 어떻다고?"

"……."

"놀랐다면 미안하군. 근데 이렇게라도 안 하면 믿지 않을 것 같아서 말이야, 백작 아가씨."

"너희들, 대체 정체가 뭐야? 왜 나와 접촉한 거지? 김은혜를 찾는 이유는 뭐고?"

"흠, 설명하자면 꽤 장황하고 복잡한 얘긴데 말이야. 요점만 간단히 하자면 우리는……."

이온 블레이드의 칼날을 해제한 네버모어가 말했다.

"진정한 미국을 되찾기 위한 결사대라고 할 수 있지!"

"괴물……!"

에블린은 경악 속에서 중얼거렸다. 온몸이 경련하는 것을 도무지 가눌 길이 없었다. 먼 허공으로부터 뇌성과 같은 굉음이 들려올 때마다 그녀의 몸도 연신 흠칫거렸다.

평범한 시야를 지닌 그녀로선 육안만으로는 정확한 상황 파악이 불가능했다. 하지만 에이스 오브 스페이드를 거는 과정에서 추격 대원들과 감각을 동화시켰고, 그 덕에 그들의 오감을 일부분 공유할 수 있었다. 그렇게 그들의 눈과 귀로 보고 들은 전황은 그야말로 처참했다.

적시운은 닭장 안에 뛰어든 대호와 같았다. 사정거리 안에 들어오는 모든 것을 찢어발기고 부숴 버리는데, 최정에 강화 인간들이 추풍낙엽처럼 쓸려 나가고 있었다.

"내 힘으로 각성시키기까지 했는데……!"

에메랄드 시타델에서 붙었을 때도 강하긴 했었다. 하지만 이 정도까진 결코 아니었다.

에이스 오브 스페이드까지 걸어 준 200명이 넘는 강화 인간이라면 적시운을 능히 제압하고도 남는다는 게 그녀의 계산이었다.

그런데 아니었다. 고작 몇 달 사이에 적시운은 아득할 정도로 강해져 있었다. 이 정도면 펜타그레이드고 뭐고 소용이 없을 것 같았다.

콰과과과……!

허공에서 흑색 섬광이 터져 나왔다. 그 한 번의 공격으로 최소 10명 이상의 강화 인간이 부서져 나갔다. 단신으로 AI 기갑부대를 궤멸시키던 벡스터의 모습이 오버랩되는 광경이었다.

그녀를 호위하는 네 명의 에이스조차도 지금의 적시운 앞에선 오합지졸이나 다름없었다.

"빌어…… 먹을!"

이래서는 안 된다. 에블린은 초조해졌다. 애초에 이 작전에 모든 것을 걸고 있었던 그녀인 만큼 정신적인 충격은 더더욱 컸다. 그렇다고 적시운을 세뇌하려 해봐야 통하지 않을 게 분명했다. 이미 지난번에도 된통 당하지 않았던가.

"제기랄!"

그녀의 능력 자체는 몇 개월 전에 비해 달라진 게 없었다. 애초에 적시운처럼 짧은 시간 동안 저렇게 성장한다는 것 자체가 말이 되지 않는 일이었다.

"어째서!"

악에 받쳐 분통을 터뜨려 봤자 달라지는 건 없었다. 그러는 중에도 시시각각 강화 인간들이 깨져 나가고 있었다. 플랜 B가 필요했다. 이 상황을 타개할 계책이 절실했다.

"어쩌지? 어떻게 하지? 대체 어떻게 해야……."

에블린은 신경질적으로 손톱을 질겅이며 중얼거렸다.

우선적으로 떠오르는 생각은 역시 줄행랑, 그러나 통할 리 없었다. 저 괴물 놈은 숨 한 번 내뱉지 않고서 그녀를 따라잡을 것이었다.

"생각해, 생각, 생각. 생각!"

충혈된 그녀의 눈이 순간 반짝였다. 전투가 개시되기 전, 적시운의 곁에 누군가 있었음을 떠올린 것이다.

"계집, 놈의 곁에 계집년이 하나 있었어."

분명했다. 벡스터의 두 눈을 통해 그녀는 똑똑히 보았다. 짤막한 대화를 나누고서 적시운에게서 떨어지는 여자의 모습을. 그녀는 지금 저 어딘가에 있었다.

적시운과 너무 가깝지는 않은, 그렇다고 지나치게 멀리 떨어지지도 않은 위치에 있을 것이다. 그녀의 정체를 추측할 여유 따윈 없었다. 지금 에블린이 붙잡을 수 있는 지푸라기는 오직 하나뿐이었다.

"가자!"

에블린의 명령에 네 명의 에이스가 반응했다. 클로버 에이스가 그녀를 업었고 나머지가 삼각 편대를 이루었다.

"달려! 그 계집을 찾아! 적시운 저 개자식이 모두 쳐 죽이기 전에 찾아내야 해!"

강화 인간들 따위는 소모품일 뿐이다. 하지만 그 소모품이 전멸한 다음은 그녀의 차례라는 것이 문제였다. 그전에 인질을 써서라도 상황을 뒤집어야 했다.

'아무리 악귀 같은 놈이라 해도 제 여자의 목숨은 소중할 테니까.'

에블린으로선 부디 그러길 바랄 수밖에 없었다.

"달려! 더 빠르게!"

7

쿠구구구구……!

상공으로부터 뇌성이 연신 터져 나왔다.

그 파장은 족히 수 ㎞ 떨어져 있는 차수정의 피부까지 흔들 정도였다. 그녀 역시 에블린과 별다를 게 없는 감정 속에서 전장을 바라보고 있었다.

"아……!"

비록 설하유운공을 전수받은 지 반년도 채 되지 않았다지만, 그녀도 어느 정도는 기감에 익숙해져 있었다. 대략적으로나마 상대의 무위를 파악하는 게 가능하다는 의미다.

그런 그녀가 봤을 때 저 강화 인간들의 전투력은 결코 낮지 않았다. 천무맹과 비교하더라도 최상위권의 특급 무사쯤은 되어야 그나마 비교할 수 있을 수준이었다. 외공 및 육체 능력만을 따지자면 오히려 그들을 웃돈다고 봐도 좋았다.

"그런데도……!"

천마는 강화 인간들을 일방적으로 도륙하고 있었다.

쾅! 콰직! 푸확! 콰드득!

내뻗은 손아귀가 머리통을 움켜쥐고는 그대로 으스러뜨린다. 가볍게 휘둘러진 발길질이 일진광풍을 일으킨다. 풍압에 휘말린 강화 인간이 갈가리 찢겨 나간다.

천마는 무의 화신, 그 자체였다.

일견 의미 없어 보이는 움직임 하나하나에도 절묘한 무리(武理)가 담겨 있었다. 모든 동작은 합리의 극치. 쓸데없이 소모되는 움직임을 찾을 수가 없었다.

그리고 무엇보다도······.

'소름 끼치는 살의!'

아마도 적시운과 대비되는 가장 큰 차이점일 터였다.

감정이 없는 존재조차도 공포를 느낄 법한 무시무시한 살의는 전투의 여파로부터 벗어나 있는 차수정조차도 심장이 저릿할 정도였다.

저런 존재가 적이 아니라는 게 새삼 고마워질 지경이었다.

'아니, 그렇지만도 않아.'

차수정은 공포 속에서 지그시 입술을 깨물었다. 지금이야 적의를 드러내지 않고 있다지만 앞으로도 그럴지는 미지수였다.

북미 제국과의 대립이 끝나고 난 뒤에도 천마가 지금 같을지는 장담할 수 없었다.

'북미 제국의 황제는 이 세계의 천마, 그리고 저 남자는 이차원의 천마······.'

차원이 다르다고는 하지만 본질적으로 동일한 인물, 그런 남자를 경계하지 않는다는 건 말이 되지 않았다.

'선배, 우리는 어떻게 해야 하죠?'

심란한 마음으로 전투를 지켜보던 차수정이 이질감을 느낀 것은 바로 그 시점이었다.

"응?"

그리 가깝지는 않은 지점의 평야를 가득 뒤덮은 갈대밭 위로 이질적인 파문이 일고 있었다. 바람에 쓸리는 모양새는 아니었다. 만약 그랬다면 벌판이 전체적으로 흔들렸을 터. 하지만 지금은 일직선의 파문만이 홀로 일 따름이었다.

차수정이 자리한 방향으로 무언가가 접근하고 있었다. 별동대라는 결론을 도출하는 것은 어렵지 않았다.

'나를 인질로 삼으려고……?'

차수정의 등에 소름이 돋았다.

헨리에타 일행의 증언에 의하면 상대는 무려 S랭크의 텔레패스. 99.99%의 인간을 마음 내키는 대로 지배할 수 있는 존재였다.

'대처 방안은?'

단순히 정신 바짝 차린다고 될 일은 아니었다. 휴대형 이능력 억제 장치를 가져오긴 했지만, 그것 역시 맹신할 순 없었다. S등급 이능력자에겐 억제 장치도 거의 먹히지 않을 터. 그렇다면 결국 피하는 게 최선이었다.

차수정은 더 생각하지 않고 신형을 날렸다.

"저년이 눈치챘다, 뒤쫓아!"

에블린이 버럭 소리쳤다. 다이아몬드, 하트, 클로버 에이스가 땅을 박찼다. 스페이드 에이스는 에블린을 업은 채 그 뒤를 따랐다.

세 명의 에이스는 차수정과 거의 비슷한 스피드였다. 맨몸으로 경공술에 가까운 속도를 내는 셈. 에블린의 각성 능력이 얼마나 대단한지 알 수 있는 일면이었다.

"흠."

천마 역시 그녀의 움직임을 감지했다. 나아가 그녀의 계획까지도, 하지만 저지하려 들지는 않았다. 찰거머리처럼 필사적으로 달려드는 강화 인간들 때문은 아니었다.

"본좌는 이미 경고했다."

그 경고를 듣고서도 뒤따라온 것은 차수정의 결정. 그로부터 생겨나는 일에 대한 책임 역시 그녀에게 있었다. 단순히 적시운이 아끼는 여자라 하여 구해주고자 매달릴 수야 없었다.

설령 그 때문에 그녀의 목숨이 위험해진다 하더라도…….

그것이 천마의 생각이었다.

쿠구구구!

다이아몬드 에이스가 두 손을 뻗었다. 그러자 차수정이 향하던 방향의 대지가 돌연 장벽처럼 위로 솟구쳐 올랐다.

"……!"

대지술사(Earthenist)의 능력. 최소 더블 A랭크는 될 법한 위력에 차수정은 이를 악물었다.

그대로 뚫고 나가려 했으나 그 두께가 족히 수십 m는 되어 보였다. 뚫는다 해도 시간이 지체될 터였기에 차수정은 방향을 틀었다.

쿠궁, 쿠구구구!

그녀가 향하는 방향으로 연신 대지의 장벽이 솟구쳤다. 그럴 때마다 방향을 틀게 되니 자연히 시간이 지체됐다. 그사이 하트와 클로버 에이스가 그녀를 따라잡았다.

휘리릭!

하트 에이스의 손아귀에서 단도 두 자루가 번뜩였다. 일견 소박해 보이나 두 자루 모두 초진동 커터. 이온 블레이드마저 뛰어넘는 절삭력을 자랑하는 무기였다. 호신강기를 둘렀다고 해도 안심할 수 없다는 뜻이기도 했다.

"칫!"

차수정은 할 수 없이 방향을 틀어 반대편의 클로버 에이스에게 쇄도했다. 비교적 약해 보이는 상대부터 공략하겠다는 계산이었다. 그러나 클로버 에이스가 병기를 꺼내 들자마자 후회했다. 그 또한 초진동 커터를 들고 있었던 것이다.

'같은 무기라고?'

파파팟!

절묘하게 치고 들어오는 연수합격은 동양계 무술보다는 시스테마(Systema)를 연상케 하는 움직임이었다.

아마도 개량된 군용 무술로 보였다. 쌍둥이라도 되는 것처럼 손발이 착착 맞으니, 차수정은 변변한 반격조차 못 하고 궁지에 몰렸다.

"큭!"

이를 악문 차수정이 기운을 끌어올렸다. 설하유운공의 냉기와 이능력으로서의 냉기가 양 손아귀에서 번뜩였다.

촤아아악!

단번에 사방을 얼려 버리는 위력.

A랭크 냉기술사의 힘이 유감없이 발휘된 글래셜 스톰(Glacial Strom)에 두 에이스가 뒤로 물러났다. 그것을 기회 삼아 공세로 전환하려 했으나, 차수정이 치고 들어가기도 전에 눈앞으로 장벽이 치솟았다.

'젠장!'

각각이 자신과 최소 동급, 게다가 손발도 척척 맞으니 골치가 아팠다. 천마의 도움조차 없다 보니 그녀로선 사면초가에 몰린 상황이었다.

'자업자득이라는 걸까?'

천마가 그녀의 상황을 모를 리는 없다. 그럼에도 돕지 않는다는 것은 그 의도가 명백한 것. 그녀가 자초한 일인 만큼 야속하게 여길 수도 없었다.

"어딜 그렇게 달아나시나?"

사방을 가로막은 장벽 위로 솟구치는 차수정의 얼굴에 그림자가 드리워졌다.

그녀보다 높은 위치를 점하고 있는 사내가 하나, 그리고 거기에 업혀 있는 어린 소녀가 하나.

차수정은 대번에 상황을 이해했다.

'당했어.'

인형 같은 인상의 소녀가 섬뜩한 미소를 지었다.

"체크메이트야, 쥐새끼 같은 년아."

"칫!"

얼음 칼을 구현한 차수정이 그대로 찔러 들어갔으나 사내, 스페이드 에이스에게 가로막혔다.

등에 업힌 소녀, 에블린의 미소가 한층 선명해졌다.

"사실 아까 전부터 기회는 충분했지. 네년의 머리를 지배하는 것 말이야. 근데 왜 그러지 않았는지 알아?"

차수정은 대답하는 대신 얼음 칼을 확 던졌다. 쏜살처럼 날아간 칼날이었으나 이번에도 스페이드 에이스에게 가로막혀 부서졌다.

"네년에게 절망감을 맛보여 주고 싶었거든!"

웃으며 소리친 에블린이 이능력을 발동했다.

"퀸 오브 하트! 네년의 모든 것은 이제 내 거야!"

"……!"

거대한 그림자가 차수정을 덮쳤다. 세상의 모든 악몽을 구체화한 듯한 시커먼 어둠이 차수정을 집어삼켰다. 발버둥이라도 쳐 보려던 차수정은 허무하게 의식을 잃었다.

"별것도 아닌 게."

에블린은 우선 차수정의 기억부터 읽었다. 그 과정에서 적시운의 정체와 현재 상황을 대부분 파악했다. 그중 상당 부분은 이해하기 힘들었지만, 한 가지만큼은 확실하게 파악했다.

"저게…… 적시운 그놈이 아니라고?"

에블린이 고개를 돌렸다. 이제 강화 인간은 전멸 직전이었다. 생존자는 열 명이 채 안 됐으며 그들 대부분이 간신히 목숨만 부지하고 있었다.

팟!

검푸른 섬전이 허공을 때렸다. 대지를 뒤흔드는 뇌성을 마지막으로 강화 인간 부대는 전멸했다.

"잠깐! 잠깐만 기다려!"

에블린이 다급히 소리쳤다. 인질을 잡았다고 여유를 부리려다간 단번에 도륙이 날 터. 차수정의 기억을 읽은 이상 그녀에게 인질로서의 가치가 없다는 것도 알 수가 있었다.

후웅.

뺨을 스치고 지나가는 한 줄기 바람에 찔끔 눈을 감았다가 뜨니 바로 앞에 천마가 서 있었다.

"아……!"

멍하니 침음하던 에블린이 퍼뜩 정신을 다잡았다. 멍청히 있다간 죽는다는 사실을 잘 알기 때문이었다.

"다, 당신이지? 그때, 적시운의 머릿속에 있었던 사람 말이야"

천마는 대꾸하지 않았다. 초조해진 에블린이 더듬더듬 말을 이었다.

"나, 나는 알고 있어. 저 계집, 저 여자의 머릿속을 읽었거든. 그래서 알아. 당신이 누군지. 당신이 적시운이 아니라는 것도."

"……."

"나는 당신과 싸우러 온 게 아냐. 다, 당신이 아닌 적시운이었다면 모르겠지만 당신은 아냐. 그러니까……."

"할 말은 그게 전부더냐?"

넌지시 말을 뱉는 천마.

에블린은 볼기짝이라도 맞은 것처럼 흠칫했다.

"자, 잠깐! 잠깐만 기다려! 잠깐만 내 얘기를 들어줘!"

천마가 피식 웃었다. 에블린의 가슴이 철렁 내려앉았다.

"본좌가 왜 그래야 하지?"

"당신에게도 결코 나쁜 얘기가 아닐 테니까! 내, 내가 당신에게 제안할 게 있어. 당신도 마음에 들 게 분명해!"

"본좌가 마음에 들어 할지 아닐지는 네년이 정하는 게 아니다."

"무, 물론 그렇겠지! 어쨌든 내 제안을 들어줘. 결정하는 건 그다음이래도 늦지 않잖아?"

"흠."

천마가 미묘한 침음을 냈다. 에블린은 입술을 깨문 채 초조하게 기다렸다. 천마가 느긋하게 팔짱을 꼈을 때, 그녀는 하마터면 비명을 토할 뻔했다.

"지껄여 보거라."

"어……?"

"무슨 말인지 모르지는 않을 텐데."

"아, 어. 그, 그렇지. 알겠어, 잠시만. 머릿속을 좀 정리하고."

에블린은 몇 차례 심호흡을 했다. 펜타그레이드로서의 자존심도, 적시운을 향한 적의도 지금은 무의미한 것. 저 괴물이 홀로 강화 인간을 전멸시켰을 때 모든 것은 무위로 돌아갔다.

"당신은…… 천마, 맞지? 지금까지 적시운의 몸속에 기생해 왔고, 놈의 의식이 잠든 틈을 타 육체를 지배하게 되었어."

"기생?"

"표, 표현이 마음에 안 든다면 사과할게. 어쨌든…… 당신은 보기보다도 위태로운 상황이야. 언제 적시운이 다시 깨어날지 모르니까. 그렇지 않아?"

"그래서?"

에블린은 마음속으로 셋까지 세었다.

너무 초조해 보이지 않게, 그렇다고 너무 질질 끄는 것처럼 보이지도 않게끔.

"내가 소멸시켜 줄 수 있어. 적시운, 그놈의 자아를 완전히."

8

"우습구나."

천마의 한마디에 에블린은 소름이 돋았다.

"어, 어째서……?"

"본좌는 너를 알고 있다. 지난번, 적시운을 지배하려고 파고들었다가 본좌에게 쫓겨났던 그 계집이지."

"그랬…… 었지."

"본좌는 그때 네년의 많은 것을 간파했다. 천박한 천성과 졸렬한 심성. 잔인한 습성과 교활한 인성에 대해서도 말이야."

한 마디 한 마디가 에블린의 심사를 뒤틀어놓았으나 찍소리도 할 수 없었다. 자칫 열이라도 냈다간 그 순간이 최후가 될 것이 너무 당연했다.

"당신 말이 옳아. 부정하진 않겠어. 하지만 그것이야말로 인간의 천성이잖아? 무, 물론 당신은 다르겠지만."

"제법 아부를 떠는군."

"당신 말대로 교활하니까. 그리고 그건 곧 힘의 논리에 빠삭

하다는 뜻이기도 하지."

에블린은 서서히 떨림이 멎는 것을 느꼈다. 천마가 그녀의 말에 흥미를 느끼고 있다는 사실을 깨달은 까닭이었다.

"당신은 강해. 어쩌면…… 황제보다 강할지도 모르지."

"본좌는 고금제일인이니까."

"고금……? 뭐, 아무래도 좋아. 어쨌든 그렇게 강한 존재라면 적대하는 것보다는 숙이고 들어가는 편이 낫겠지. 멍청하게 대들다가 뒈지는 것보다는 훨씬 말이야."

"흠."

"그래서 이런 제안을 하는 거야. 나는 당신의 근심거리를 제거해 줄 수 있어. 어떻게 보면……."

에블린은 최대한 겸손해 보이게끔 표정을 지었다.

"당신의 구원자가 되어줄 수도 있다는 거지."

"……."

천마의 눈썹이 꿈틀대자마자 에블린이 황급히 덧붙였다.

"그, 그러니까! 적시운이 깨어나면 당신은 다시 육체를 뺏긴 신세가 될 거잖아? 안 그래?"

"……."

"이런 걸로 유세 부리겠다는 뜻은 아냐. 그럴 처지가 아니란 것도 알고. 난 그저 우리가 서로에게 도움이 될 수 있다는 얘기를 하고 싶을 뿐이야."

말을 마친 에블린이 조심스럽게 반응을 살폈다. 천마의 침묵이 길어지는 만큼 그녀의 손아귀가 흠뻑 젖어 들었다.

"일단은."

"응?"

"구체적인 계획부터 설명해 봐라. 어떻게 적시운의 자아를 소멸시키겠다는 거지?"

에블린은 내심 안도의 한숨을 쉬었다. 일단 첫 고비는 넘겼다고 볼 수 있었다.

"내 능력에 대해선 잘 알고 있을 테지? 난 타인의 의식 전반을 지배하고 제어할 수 있어. 랭크가 낮은 것들은 기껏해야 텔레파시나 찔끔거릴 뿐이지만 난 달라. 당신만큼은 아니어도…… 우월한 인간이거든."

"우월한 인간이라."

"사실은 사실이잖아? 당신도 우리도 선택받은 존재인걸."

천마가 피식 웃었다. 비웃음에 가까운 미소라는 걸 알았지만 에블린은 아무런 내색도 하지 않았다.

"내가 알기로 적시운의 이능력 랭크는 A. 최대치로 잡아도 더블 A 이상은 아닐 거야. 결국 내 능력에 저항할 힘은 없다는 거지."

"그랬던가?"

"무, 물론 지난번엔 통하지 않았다는 걸 인정해. 하지만 그건 어디까지나 당신이란 변수가 있었기 때문이잖아? 적시운이 대단한 게 아니라 당신이 대단한 거였다고."

"뭐, 그렇긴 하지."

"지금은 달라. 당신이 허락해 주기만 한다면 거리낌 없이 적시운의 의식과 자아에 접촉할 수 있어. 그리고…… 갈가리 찢고 부숴서 없애 버릴 수도 있겠지."

에블린의 얼굴에 희미한 자신감이 드러났다.

"그것이 바로 조커(Joker), 내 또 다른 능력이야. 회복의 여지를 조금도 주지 않고 완벽하게, 그리고 철저하게 대상의 의지를 파괴해 버리지. 이름 그대로 말이야."

"그것의 이름 따윈 본좌가 알 바가 아니다."

"무, 물론 그렇겠지. 어쨌든 이걸 쓰면 확실하게 적시운을 소멸시킬 수 있어."

"흐음."

천마는 못 미덥다는 얼굴이었다. 어느 정도 안정되었던 에블린의 얼굴이 재차 초조해졌다.

"그 말만 덜컥 믿고서 시켜줄 수야 없지. 그렇지 않은가?"

에블린은 당황하지 않았다. 이 정도 반응이야 이미 예상한 바였다.

"시범을 보여주면 되겠어?"

그녀의 시선이 차수정에게로 향했다. 그러나 천마가 단호히 고개를 저었다.

"그 아이 말고 다른 시범 대상이 있지 않나."

"다른 시범 대상?"

천마가 세 에이스 쪽으로 고갯짓했다. 에블린의 얼굴이 희미하게 경직됐다.

"못 하겠나?"

"……."

"그렇게 생각한다면 교섭 결렬이군. 이제 어떻게 하겠나? 그 아이를 인질로서 써먹을 텐가?"

에블린은 섣불리 대답하지 못한 채 천마를 응시했다.

'소용없겠구나.'

그녀는 빠르게 체념했다. 설령 차수정을 찢어 죽인다고 하더라도 천마가 눈 하나 깜빡하지 않으리란 걸 알 수 있었다. 게다가 상호 간의 전투력을 감안한다면 에이스라 해봤자 무용지물이었다. 당장 그들과 동급의 전력을 지닌 강화 인간 200명이 무기력하게 전멸하지 않았던가.

상황의 주도권은 어디까지나 천마에게 있었다.

"좋아."

에블린은 세 에이스를 돌아봤다.

정신 지배의 특성상 요란법석한 일이 벌어지진 않았다. 그저 조용히, 세 에이스의 머릿속에서 무언가가 이루어질 따름이었다.

또르륵.

세 에이스가 코피를 흘리기 시작했다.

그것으로 끝.

흐리터분한 눈알을 이리저리 굴리던 세 에이스가 그대로 널브러졌다.

그냥 보자면 가만히 있다가 넋이 나가서 고꾸라진 꼴. 하지만 에블린은 천마의 직관력이 고작 그 정도가 아니리란 걸 알 수 있었다.

"정말로 의식의 중추를 파괴해 버렸군."

"당신이 본 대로야. 이로써 저들의 자아는 완전히 소멸되었어. 이젠 내가 지배를 풀더라도 아무것도 하지 못해."

"저런 식으로 적시운도 지워 버리겠다는 건가?"

"그래, 물론 당신에겐 해가 미치지 않을 거야. 기껏해야 코피나 조금 나는 정도일까?"

대답을 마친 에블린이 이내 덧붙였다.

"설령 내가 허튼수작을 부리려 하더라도, 당신이라면 충분히 저지할 수 있을 테고."

"말주변이 제법이로군."

천마가 씩 웃었다.

"그런 식으로 본좌의 자존심을 은근히 자극하겠다는 것이군."

"그, 그런 건……"

"뭐, 좋다. 재미있을 것 같군. 한 번 시도해 보려무나."

천마가 두 팔을 벌리고서 말했다. 설득에 난항이 있을 거라 생각했던 에블린으로선 살짝 맥이 풀리는 일이었다.

"정말 괜찮다는 거지?"

"본좌가 허튼소리나 지껄일 것 같은가?"

"아니, 그럴 리는 없겠지. 그래, 알겠어. 그럼 우선 내가 당신의 머릿속에 침투하게끔 허락해 줘."

"그전에."

천마가 눈짓으로 차수정을 가리켰다.

"저 아이부터 풀어줘라."

내내 순종적이던 에블린이 처음으로 곤란한 표정을 지었다.

"그건 좀……"

"싫다는 건가?"

"당신 때문이 아니라 저년 때문에 그래. 퀸 오브 하트를 풀게 되면 바로 정신을 차리게 될 텐데. 그때 내게 무슨 짓을 할지 모르거든."

"본좌가 제압해 두지. 그러면 되지 않나?"

"그게, 그러니까……"

"저 아이를 풀어줘라."

항거할 수 없는 힘이 담긴 음성이었다. 에블린은 내심 이를 악물면서도 차수정에게 걸어둔 힘을 해제했다.

"……?"

잠시 휘청거리던 차수정이 의아한 얼굴로 주변을 두리번거렸다.

"뭐, 뭐가 어떻게 된 거죠?"

"간단히 설명해 주지."

천마가 기억의 일부를 떼어선 차수정에게 주입시켰다. 격체신진술을 응용한 수법 중 하나였다. 단번에 모든 것을 이해한 차수정의 얼굴이 사색이 되었다.

"안 돼요, 그러게 둘 순 없어요!"

"되고 말고는 네게 달린 것이 아니다."

"어떻게 이럴 수가 있어요? 시운 선배가 당신에게 해준 게 얼만데!"

"그리고 본좌가 적시운에게 해준 것은 얼마던가? 그런 식의 계산은 무의미하다. 본좌와 적시운은 동등한 입장에서 공존해 온 것이니."

"더러운 인간!"

살의를 담아 소리치는 동시에 차수정은 에블린을 향해 신형을 쏘았다. 어차피 천마를 어찌하는 건 불가능하니 그녀를 죽이는 쪽을 택한 것이다. 그러나 천마가 더 빨랐다. 단번에 궤도를 가로막은 천마가 차수정의 몸을 타격했다.

"크흑!"

가벼운 타격이었을 뿐인데도 차수정은 피를 토했다. 그래도 어떻게든 덤벼들려고 했으나, 몸이 말을 듣지 않았다.

"마혈을 짚었으니 움직일 수 없을 것이다. 거기서 얌전히 지켜보기나 하거라."

"아, 안 돼……."

"시작하도록."

천마의 말에 에블린이 퍼뜩 정신을 차렸다.

"응? 아아, 알겠어."

그녀의 표정에 희열이 돌아왔다.

이로써 모든 게 분명해졌다. 천마는 그 압도적인 힘에 걸맞은 야욕과 패기를 지닌 사내였다. 사소한 인연 따위는 단호히 쳐낼 수 있는 비정함과 냉철함, 자신의 목적을 위해선 뭐든지 할 수 있는 패기와 의지. 천마는 그 모든 것을 지니고 있었다.

옹졸하기 짝이 없는 적시운 따위와는 모든 면에서 달랐다.

"멍청한 계집."

에블린은 만면에 미소를 띠고서 차수정을 돌아봤다.

"줄을 서려거든 좀 더 빼어난 쪽에 섰어야지."

"선배를 내버려 둬!"

"싫은데? 지금 들어가서 완전히 없애 버릴 건데? 그동안 너는 거기 나자빠져서 허우적거리고나 있으라고."

속 시원히 말을 쏟아낸 에블린이 천마에게 다가갔다.

"자, 그럼 시작하자고. 안으로 들어가도 되겠지?"

"안 돼!"

차수정의 외침을 뒤로한 채 천마가 말했다.

"물론이다."

에블린은 적시운의 무의식 깊은 곳으로 파고들었다.

파앗!

'뭐야?!'

깊은 어둠 속을 흐르는 맹렬한 기류가 에블린의 의식을 붙들었다. 지금까지는 겪어본 적이 없었던 일이다 보니 에블린으로서도 적잖이 당황할 수밖에 없었다.

'대체 무슨 놈의 머릿속이 이렇지?'

보통 인간의 무의식이 자그만 서고라면 적시운의 무의식은 몇 층에 달하는 거대한 도서관 같았다. 더군다나 그 내부가 상상 이상으로 복잡한 것이 꼭 미로 모양이었다. 잘못 들어갔다 간 돌아 나올 길을 찾지 못할 만큼 정신없는 곳이었다.

'지금이라도 돌아가야 하나?'

그렇게 생각했으나 에블린은 고개를 저었다. 지금 성과 없이 되돌아갔다간 그녀의 가치는 사라지게 될 터. 그리고 천마는 무가치한 존재를 내버려 둘 인간이 결코 아니었다.

'어떻게든 해내야 한다.'

에블린은 무의식 깊은 곳으로 파고들었다. 그녀의 기술인 조커의 메커니즘은 간단했다. 무의식의 중심부에 자리 잡은 자아를 찾아 찔러 죽인다.

바깥에서라면 쉽지 않을 일이었지만 의식의 내부에서라면 간단했다. 이 안에서는 그 어느 능력자보다도 막강한 것이 텔레패스이기에 가능한 일이었다. 그것은 설령 타인의 의식 안이라 해도 다르지 않았다.

얼마나 시간이 흘렀을까. 에블린은 회심의 미소를 지었다.

'찾았다!'

깊은 어둠의 중추, 적시운이 그곳에 있었다.

죽은 것처럼 잠든 채, 거대한 빙하에 갇힌 상태로.

이다음은 간단했다. 우선 얼음을 녹이고, 적시운을 찔러 죽인다.

'녹아라.'

적시우늘 둘러싼 빙하는 에블린의 의지에 반응하여 녹아내렸다. 그녀의 손에 조금 전까지만 해도 없었던 나이프가 생겨났다.

그대로 찌르면 케이크를 파고들듯 쑥 들어갈 터. 손만 내뻗으면 모든 게 끝나는 순간이었다. 하지만 그렇게 되지는 않았다.

턱.

돌연 에블린의 손아귀를 움켜쥐는 무언가가 있었다. 에블린은 잠시 후에야 그게 적시운 본인이 내뻗은 손이라는 걸 깨달았다.

"어, 어떻게……!"

천마가 웃었다.

"하여간 본좌가 꼭 이렇게까지 해줘야 한단 말이지."

9

"그게…… 무슨 말이야?"

차수정의 질문에 힐끔 고개를 돌려 그녀를 본 천마가 끌끌 혀를 찼다.

"꼴이 참, 말이 아니로구나."

"뭐……?"

"거울이 있다면 비춰주고 싶군. 다 큰 처녀가 눈물 콧물로 범벅이 된 꼴이라니."

'당신 때문이잖아…….'

차수정은 속으로만 투덜댔다. 지금은 그런 것보다도 급한 얘기가 있었던 까닭이다.

"대체 저 안에서 무슨 일이 벌어지고 있는 거죠?"

에블린은 천마의 흉부에 손을 댄 채 서 있었다. 혼이 빠져나간 것처럼 멍한 모습이 그대로 고꾸라지지 않는 것이 신기할 지경이었다.

천마는 질문에 대답하지 않고서 재킷 주머니에 손을 넣었다. 차수정은 일어서고자 몸을 비틀어 보았으나 꿈쩍도 하질 않았다.

"제발, 말해줘요. 시운 선배는 아직 무사한 건가요?"

"그렇지 않다고 한다면?"

"당신을 죽여 버릴 거야."

"그게 가능할 것 같으냐?"

"불가능하겠지, 그래도 발악은 할 거야. 손가락 하나 움직이지 못하더라도, 최소한 죽기 전까지 저주라도 퍼부을 거야."

"독한 계집이로고……. 하지만 나쁘지는 않군. 적시운이 이걸 들었어야 하는 건데 말이지."

"선배, 아직 무사한 거죠? 그렇죠?"

"그건 아직 모르는 일이다."

천마가 무언가를 장난스럽게 던졌다가 받았다. 그게 무엇인지 확인한 차수정이 눈을 빛냈다.

조금 전 주머니에서 꺼낸 물건은 마수화된 무백에게서 뽑아낸 아포칼립틱 코어였다. 가히 반신이나 다름없던 무백의 전투력에 걸맞게 코어가 보유한 에너지량 역시 어마어마했다. 그리고 천마는 그 힘을 흡수할 역량과 기술이 충분했다.

그런데도 지금껏 흡수하지 않고 내버려 두었다. 때문에 어디에 쓰려는 것인지 차수정도 의아함을 느꼈었다. 지금 코어를 꺼내 든 데엔 이유가 있으리란 생각이 들었다.

"설마……."

천마가 차수정을 향해 가볍게 손짓을 했다. 차수정은 몸을 얽매던 힘이 사라지는 것을 느꼈다.

"점혈을 풀었으니 평소처럼 움직일 수 있을 게다."

"……."

주춤거리며 일어나는 차수정을 보고 천마는 그녀를 향해 장난스럽게 웃었다.

"그래, 어디 한번 발악해 볼 테냐? 아니면 네 말마따나 저주라도 신나게 퍼부어 보려느냐?"

"대체 무슨 생각인 거죠?"

"알아서 추측해 보려무나. 본좌는 지금부터 집중해야 하니 쓸데없이 방해하지 말거라."

"자, 잠깐만요."

지그시 눈을 감은 천마가 명상 상태에 들어갔다. 에블린의 에이스 중 유일하게 살아남은 스페이드 에이스도 가만히 서 있는 것을 보면 아예 인간으로서의 지성과 감성이 거세된 모양이었다.

"……."

졸지에 차수정 홀로 덩그러니 남겨진 셈이었다.

"이익……!"

나이프를 쥔 손이 밀려나는 걸 느끼며 에블린은 이를 악물었다. 대체 무슨 일이 벌어진 건지는 잘 이해되지 않았지만, 멍하니 있다간 모든 게 망쳐지리란 것만은 분명했다.

그나마 다행인 점은 적시운의 의지가 아직은 미약하다는 것이다. 이제 막 깨어난 탓인지 밀어내는 힘이 강하지 않았다.

"너는……."

살짝 벌어진 입으로 메마른 음성이 흘러나왔다. 목소리에 힘이 없다는 걸 깨달은 에블린이 재차 기세등등해졌다.

"오랜만이지, 버러지야?"

"내 의식 속으로 침투했군."

"그래, 그뿐만이 아냐. 널 없애 버리기도 할 계획이거든? 그러니 좀 얌전히 뒈져 주겠니?"

적시운은 잠시 눈을 감았다가 떴다. 그 짧은 사이에 눈동자의 총기가 선명해졌다는 걸 깨달은 에블린은 초조해졌다.

"세실리아 일행을 좇아서 태평양을 건너왔군."

어떻게 그걸?

충격 어린 의문이 뒤통수를 때렸으나 에블린은 금세 진정했다. 적시운과 천마의 의식은 이어져 있으니 기억을 읽는 것쯤은 어렵지 않을 것이었다.

"기억을 읽었다면 네 처지에 대해서도 알겠군? 네 몸은 이미 천마에게 빼앗겼어. 그리고 우리 둘은 손을 잡았지!"

에블린은 양손으로 칼자루를 움켜쥐었다.

"난 이 안에서 널 완전히 소멸시킬 거야. 그리고 천마와 힘을 합쳐 이쪽 동네를 싹 먹어치울 생각이야."

"힘을 합친다고?"

"그래! 잘만 하면 북미 제국과도 맞먹는 세력이 될 수 있겠지? 어쩌면 정말 황제까지 거꾸러뜨릴 수 있을지도 모르고!"

"펜타그레이드로서 온갖 편의를 누려온 주제에 황제를 배신하겠다는 거군."

"일단은 살아남고 볼 일이니까. 의리니 신의니 따지다가 뒈지면 개죽음일 뿐이야!"

"그런 너를 천마가 신임할 것 같아?"

"흥! 어차피 세상은 약육강식이야. 강하고 능력만 빼어나면 결국 쓰이게 되어 있어."

"정말 그렇게 생각한다면."

적시운이 말했다.

"넌 천마에 대해 전혀 모르는 거다."

조금 전에 비해 확연히 뚜렷해진 목소리로.

"닥쳐!"

에블린이 비명처럼 외치며 우악스레 나이프를 밀어붙이기 시작했다. 의식 속에서의 싸움은 결국 정신력의 대결, 육체 능력은 이 안에서 무의미한 것이었다. 과연 칼날이 서서히 적시운 쪽으로 가까워지기 시작했다.

비록 이곳이 본인의 의식 세계라고는 해도, 갓 깨어난 데다 정신력의 대부분을 소모해 버린 적시운은 풍전등화 신세였다.

"봐! 천마도 이 안에서 무슨 일이 벌어지고 있는지 알고 있을걸?"

싸움의 우위에 선 에블린이 광소 섞인 외침을 토해냈다.

"그런데도 아무 짓도 안 한다는 게 어떤 의미일 것 같아? 결국 네놈이 뒈지도록 방조하기로 했다는 거야!"

"……."

"천마에 대해 모른다고? 모르는 건 오히려 네놈이지! 천박한 버러지! 순진한 머저리! 너 같은 놈들이 결국은 이용만 당하다 버려지고 죽게 되는 거야!"

"정말 그렇게 생각하는 거라면."

적시운이 다시 말했다.

"넌 나에 대해서도 전혀 모르는 거다."

적시운이 담담한 음성으로 재차 입을 열었다.

"그 입ㄷ……!"

닥치라고 말하려던 에블린의 두 눈이 휘둥그레졌다.

"뭐, 뭐야?"

이질감이 엄습해 왔다. 적시운에게 변화가 일어나고 있었다. 선명해지는 눈빛과 되돌아오는 혈색, 자아의 형체가 건강해진다는 것은 곧 정신력의 회복을 의미했다.

그러나 이는 그리 쉽게 일어날 수 없는 일이었다. 정신력이란 단순히 마음먹는다고 하여 쉽게 수복할 수 있는 것이 아니었다. 보다 구체적인 원인이 있을 터였다. 예컨대 에너지 전달과 같은 외부에서의 조력이 필요한 일이었다.

"……!"

에블린은 고개를 올려 젖히며 괴성을 토했다.

"천마아아아아아!"

우우우웅.

막대한 힘의 격류가 적시운을 휘감았다. 가사 상태에 빠졌던 의식을 단번에 각성시킬 정도의 힘, SS급 마수의 아포칼립틱 코어로부터 흘러나오는 에너지였다.

"네게 고마워해야겠는걸."

나이프가 수수깡처럼 우수수 부스러졌다. 움찔하는 에블린의 손목을 적시운이 움켜쥐었다. 치닫는 격류와 같은 막대한 힘이 에블린의 손목을 통해 몸속으로 파고들었다.

"어어억, 어억……!"

두 눈을 부릅뜬 에블린이 기괴한 신음성을 토했다. 그녀의 피부 위로 새파란 핏줄들이 불뚝 솟았다. 충혈된 두 눈은 당장에라도 튀어나올 것처럼 부풀었다.

"네가 황제의 곁에 남아 있었다면 앞으로의 싸움이 꽤나 어려워졌을 거야."

"아, 안……."

"그러니 감사하지, 고맙다! 수고스럽게도 이곳까지 친히 죽으러 와줘서 말이야."

에블린의 몸속에서 치닫는 힘의 기세가 한층 강렬해졌다.

적시운의 자아를 소멸시키려던 에블린이 거꾸로 소멸당할 위기에 빠졌다.

"자, 잠깐. 거래를…… 제안을 할게. 살려만 준다면 네게……절대 복종을……."

"확실히 그렇군."

적시운은 담담히 말했다.

"넌 우리에 대해 전혀 몰라."

"적시운……!"

퍼엉!

에블린이 산산이 터져 나갔다. 적시운의 의식 속인 까닭에 피와 내장을 쏟아내는 대신 연기와 재를 흩으며 사라져 버렸다.

"……."

한동안 말없이 연기를 응시하던 적시운이 입을 열었다.

"고마워."

듣는 이도 대답할 이도 없었다. 하지만 적시운은 개의치 않았다. 듣고 있다는 걸 알고 있었기 때문이다.

"당신 도움이 없었다면 되돌아오지 못했을지도 몰라. 되돌아오더라도 제때 돌아오진 못했겠지."

스르륵, 적시운의 등 뒤에서 홀연히 나타나는 또 하나의 적시운. 같은 모습을 하고는 있으되 같은 존재는 결코 아니었다.

"조금 전에 뭐라고 했는가? 본좌는 좀 바빠서 듣지를 못했네만."

"아니, 딱히."

두 사람이 태연히 거짓말을 주고받았다. 그리고 아무 일도 없었다는 듯 대화를 이어갔다.

"꽤 늦잠을 자 버렸군. 그렇잖은가?"

"그러게. 뭐, 그래도 덕분에 실컷 즐겼을 거잖아?"

"즐기긴 뭘 즐기나? 자네가 벌여놓은 일들을 수습하느라 고생만 뭐 빠지게 했거늘."

"속으론 좋았으면서."

"흥. 뭐, 자네에게 약간 미안한 점이 있기는 하네. 앞으로 자네가 뭘 하든 간에 본좌와 비교될 게 뻔하거든."

"그럼 좋은 거잖아? 뭘 하든 더 반응이 좋을 테니."

"……."

피식 웃은 적시운이 고개를 들어 말했다.

"혹시 미련은 없어? 아직 뭔가 하지 않은 일이 있다거나, 말하지 못한 게 있다거나."

"그런 건 왜 묻나?"

"만약 있다면 당신한테 조금 더 시간을 주려고."

"흥."

천마는 코웃음을 치며 팔짱을 꼈다.

"본좌에게 그런 게 있을 것 같나?"

"그렇다면 알겠어……. 고마워."

다시 한번 건네는 감사를 천마는 이번에도 듣지 못한 척 딴청을 피웠다.

아마도 그 나름의 배려이거나…….

'그저 쑥스러운 것일지도.'

적시운은 의식의 전면으로 떠올랐다.

그리고 눈을 떴다.

"……."

주변 상황을 파악하려 애쓸 필요는 없었다.

그간 일어난 일들 모두가 기억 속에 남아 있었다. 마치 제법 긴 영화를 보고 나온 것과 비슷한 느낌이었다.

적시운의 발아래엔 에블린이 두 귀와 코, 입으로부터 피를 쏟으면서 널브러져 있었다. 거기서 얼마 떨어지지 않은 곳에 한 명의 거한이 비슷한 상태로 널브러져 있었다.

자아가 소멸함으로써 육체마저 망가진 것이다. 앞서 세 에이스에게 했던 짓을 똑같이 겪게 된 셈이었다.

그리고 몇 걸음 너머 차수정이 복잡한 얼굴로 자신을 응시하는 게 보였다.

"누구…… 예요?"

적시운은 목소리를 가다듬었다.

"네가 보기엔 누구일 것 같으냐, 아이야?"

차수정은 흐느끼지 않기 위해 입술을 깨물었다.

"돌아오셨군요…… 시운 선배."

"나인 줄 어떻게 알았어?"

"연기가 형편없어서요."

피식 웃는 적시운에게 차수정이 안겨들었다. 적시운은 가슴팍이 따스하게 젖어 드는 걸 느끼며 한동안 그녀를 안아주었다.

"이제 슬슬 출발해도 될까?"

충분히 기다린 다음 던진 질문.

제법 깊이 얼굴을 파묻고 있는지라 차수정의 목소리가 웅웅거렸다.

"조금만 더요."

"얼마나 더?"

"조금만 더."

적시운은 기다려 주었다.

이윽고 껴안던 손을 풀고 물러났을 때, 차수정은 아무 일도 없었다는 표정이었다.

적시운도 그녀의 눈물 자국은 모른 척해 주기로 했다.

회의실 문을 열고 들어서니 사람들이 우르르 일어났다. 아까 전과 비슷한, 그러나 묘하게 긴장된 반응이었다. 적시운은 그 이유를 어렵잖게 추측할 수 있었다.

그래서 일단은 이 말부터 꺼냈다.

"돌아왔습니다, 정말로요."

제56장
다시 대양을 넘어

1

"어……."

전체적으로 멍한 반응이었다. 어수선한 가운데 권창수가 대표 격으로 물었다.

"저, 그러니까…… 적시운 님이란 말씀이지요?"

"예, 천마가 아니라."

권창수의 시선이 조심스럽게 차수정에게로 향했다. 차수정의 빙긋 웃는 얼굴을 보고서야 그도 안도했다.

"돌아오셨군요."

"예, 좀 빙 돌아서 오긴 했지만 말이죠."

후다닥!

밀리아가 냅다 달려와선 적시운을 껴안으려 했다. 그보다 먼저 적시운은 염동력을 펼쳐 그녀를 붙들었다. 목표를 달성하지 못한 밀리아는 울 것 같은 표정으로 허공에서 버둥댔다.

"시운 선배, 그러니까……."

"나도 알아, 천마가 뭘 했는지."

적시운이 심드렁한 태도로 말했다.

"나도 조용한 편이 나으니 좀 더 이대로 두지, 뭐."

"……!"

"이따 풀어줄 테니 저기 가서 기다려."

풀이 죽은 밀리아가 구석으로 가 엎드린 가운데, 적시운은 단상에 올랐다.

"자잘한 인사는 나중에. 처리해야 할 일이 많으니 본론으로 들어가죠. 이쪽을 향해 진격해 오던 북미 제국의 추격대는 전멸했습니다."

"에블린은?"

"죽었어."

짤막한 대구에 헨리에타 일행은 누가 먼저랄 것 없이 움찔했다.

"정말로 죽었어?"

"그래."

"그게 무슨 의미인지는 알고서?"

"응."

적시운의 대꾸에 전율하는 것은 헨리에타 일행뿐이었다. 에블린의 죽음이 의미하는 바를 알고 있었던 까닭이다.

"펜타그레이드의 일원이 사망했다는 건……."

"북미 제국에 대한 선전포고나 다름없지."

적시운의 대답에 헨리에타는 쓰게 웃었다.

"알고서 한 거구나."

"어차피 싸워야 할 상대니까."

추격대가 자기들 멋대로 대양을 넘어왔을 리는 없다. 황제가 그들의 도해를 허락한 시점에서 북미 제국은 그간의 쇄국 정책에 종지부를 찍은 셈이다. 더군다나 그녀를 살려줬다고 해서 제국과 사이좋게 지낼 수 있을 리가 없었다.

"그렇다면 기회가 왔을 때 제거하는 편이 낫겠지. 살려뒀다간 무슨 변수가 될지 모르는 게 S랭커니까."

"그건 그렇지만……."

굳은 얼굴로 말끝을 흐리는 헨리에타.

다른 이들은 의아함 속에서 둘의 대화를 주시했다. 북미 제국이니 뭐니 해봤자, 그들에게 있어선 전혀 알지 못하는 다른 세계였다.

다시 대표 격으로 권창수가 질문을 꺼냈다.

"제가 제대로 이해한 게 맞는지 확인할 수 있겠습니까? 우리가 알고 있는 바와 달리 미국은 사멸되지 않았고 북미 제국이란 이름으로 새로이 태어났다. 그런 겁니까?"

적시운은 말없이 고개를 끄덕였다.

"그 전력을 중국과 비교한다면 어떻습니까?"

"단순 비교는 어렵습니다. 제국엔 천무맹도 무공도 없으니. 다만 과학 기술을 비롯한 그 외의 군사력을 보자면……."

적시운이 그렉을 돌아봤다. 아무래도 자신보다는 그가 더 잘 알 것 같았기 때문이다. 시선을 받은 그렉이 표정 변화 없이 말했다.

"아시아 전역을 합친 것보다도 명백히 우위에 있다."

그제야 사람들의 얼굴도 심각해졌다. 산 넘어 산이라더니, 천무맹과의 혈전을 끝내자마자 더 큰 적이 나타난 것이다.

"그래도 아직은 큰 문제가 아니지 않아요? 제국이니 뭐니 해봤자 결국은 저 태평양 건너에 있는데요."

문수아의 의견에 상당수가 동의하는 표정을 지었다. 그러나 권창수를 비롯한 몇몇의 낯빛은 여전히 어두웠다.

"저들은 이미 소수 병력만으로 대양을 건너왔습니다. 그건 곧 다수가 건너오는 것도 충분히 가능하다는 뜻이죠."

"지금쯤이면 태평양의 마수 분포와 패턴, 경향에 대한 파악이 끝났을 겁니다. 사실 그렇지 않더라도 상관없을 테고."

"그건 또 무슨 뜻입니까?"

"지금의 나라면 혼자서도 태평양이든 대서양이든 손쉽게 건너갈 수 있습니다. 데몬 오더나 동백 연합, 주작전 정도의 전력만으로도 대양을 건너는 게 불가능하진 않을 테고요."

대해의 마수들이 약한 게 아니다. 그만큼 이들과 적시운이 강해진 것일 뿐.

"북미 제국에도 그 정도 전력을 지닌 개인과 집단은 적지 않습니다."

적시운의 말에 그렉이 동의했다.

"그들이 지금껏 대양을 건너지 않은 건 굳이 그럴 필요가 없었기 때문이며, 무엇보다도 황제의 칙명이 있었기 때문이다."

"한데 그 금지령이 거두어졌다는 거군요."

"아마도."

"그렇다면……"

잠시 뜸을 들이던 권창수가 질문했다.

"그들과의 충돌은 피할 수 없는 겁니까? 물론 추격대가 전멸하긴 했다지만 우리가 그랬다는 물증은……"

"이미 관련 기록이 넘어갔을 겁니다. 펜타그레이드의 몸속엔 초소형 기록 장치가 이식되어 있고, 군사 위성 역시 추격대를 주시하고 있었을 겁니다."

위성에겐 국경이 없다. 현시점의 기술력으로는 언제든 원하는 지점을 포착하는 것이 가능했다. 위성을 부수려면 대기권까지 올라가야 한다. 지금의 적시운은 가능한 일이긴 했으나 이미 늦은 시점이었다.

"그렇더라도 일단 부숴놓기는 할 생각입니다. 앞으로도 우리 쪽의 일거수일투족을 엿보일 순 없으니."

"잠깐만요."

심자홍이 조심스럽게 끼어들었다.

"확실히 대체로 들어맞는 이야기라는 건 인정하지만…… 지금까지의 얘기는 어디까지나 추측에 기반한 것 아닌가요?"

"그렇긴 해, 가능성이 매우 높긴 하지만."

"높긴 해도 100퍼센트는 아니잖아요. 어쩌면 북미 제국 측이 적시운 님의 생각보다 허술할 수도 있지 않겠어요?"

"그럴지도, 지금까지의 얘기는 어디까지나 최악의 상황을 가정한 거니까."

"화친의 가능성이 아주 없지는 않다는 거군요."

"그래."

적시운은 솔직하게 대답했다. 그녀의 말마따나 아주 없다고 할 수는 없을 테니까.

"그래서 제국 쪽 동향을 알아볼 생각이야. 물론 그전에 코앞에 산재해 있는 문제부터 해결해야겠지."

"그 때문에 말입니다만……."

권창수가 설명을 시작했다.

센다이 마엘스트롬의 마수 무리, 그리고 세실리아의 행방. 두 가지 모두 적시운으로선 그냥 지나칠 수 없는 것들이었다.

"은여월이라고 하는 그 여자부터 만나봐야겠군요."

"회담을 주선할까요?"

"그럼 시간이 걸릴 테니 그냥 제가 찾아가죠. 위치만 알려주시면 됩니다."

"알겠습니다."

은여월을 비롯한 일본 측 마수 토벌군은 대마도에 임시 본부를 두고 있었다. 마엘스트롬과 최대한 떨어진 곳에 자리를 잡은 것부터가 상황의 심각성을 대변했다.

"그럼 다녀올 테니 자잘한 일은 여러분 선에서 해결하십쇼."

따라가겠다는 사람들이 우르르 일어섰지만 적시운은 모두 거절했다.

"혼자 가는 게 편해."

그 말만 남긴 채 적시운은 홀연히 회의장을 떠났다.

"아."

헨리에타가 뒤늦게 고개를 돌렸다. 구석진 자리에서 밀리아가 훌쩍거리고 있었다.

"다음번에 돌아올 땐 풀어주겠지."

콰아아앙!

상공을 가로지르는 적시운의 주변으로 연신 소닉붐이 터져 나왔다. 최대한 가속한 제트기에 버금가는 스피드다 보니 몸에 와닿는 공기의 저항 또한 엄청난 수준이었다. 호신강기가 없었다면 육체는 무사하더라도 옷가지가 다 찢겨 나갔을 충격이었지만 적시운의 표정은 평온했다. 꽤나 오랫동안 정신적 탈진 상태에 빠져 있었음에도 컨디션은 최고조였다. 이는 모두 무백의 코어를 흡수한 덕이었다.

[한마디로 전부 본좌 덕분이란 말이지.]

'깨어 있었어? 잠든 줄 알았는데.'

[본좌가 누구처럼 늦잠이나 편히 취할 팔자던가?]

'뭐, 그렇다고 해두자.'

단번에 한반도를 가로지르니 남해가 나타났다.

적시운은 속도를 약간 줄이고서 대마도를 향해 하강했다. 덕분에 일본 마수 토벌군 측은 난리가 났다. 초음속의 미확인 비행 물체가 갑자기 나타나 대마도로 접근한 까닭이다. 전 군에 비상이 걸린 가운데, 한국 정부 측으로부터 뒤늦은 연락이 도착했다.

"지금 날아가는 건 마수나 미사일이 아니니 걱정하지 않으셔도 됩니다."

"그럼 대체 뭐란 말이죠?"

"사람입니다, 여월 양이 만나고 싶어 했던."

은여월이 눈을 빛냈다.

"설마……?"

"자세한 말씀은 본인과 나누시면 될 것 같습니다. 물론 제가 당부 말씀을 드리지 않아도 알아서 잘하시리라 믿습니다만……."

"염려에 감사드립니다."

은여월은 짤막히 말을 맺을 수밖에 없었다. 기분이 나빠서가 아니라 이미 적시운이 기지에 착륙하고 있었던 까닭이다. 그녀가 황급히 전투 중지 명령을 내리는 사이, 적시운은 담을 홀쩍 넘어 기지에 들어섰다.

기지라고 해봐야 오래된 공항에다 시설과 장비를 가져다 놓은 수준이었다. 처참하게 몰락해 버린 일본의 현주소를 적나라하게 보여주는 광경이었다.

일본이란 국가에 악감정까진 아니어도 호감도 없는 적시운이었지만, 이 모습을 보자니 약간은 측은지심이 생길 것만 같았다.

"그러니까 총 치우시지. 없는 마당에 그러니 더 처량해 보이잖아."

"……!"

말을 알아듣진 못해도 뉘앙스를 느낄 순 있다. 병사들의 얼굴에 당혹감이 번졌다.

그 와중에 지프 한 대가 급하게 굴러왔다. 지프에서 내린 군복 차림의 여성이 날카롭게 명령했다. 그제야 총을 거둔 병사들이 제자리로 돌아갔다. 나직이 한숨을 쉰 여성이 적시운을 돌아봤다.

"적시운 님이시죠?"

"그래, 당신은 아마도 은여월일 테고."

"그렇습니다, 오시기 전에 미리 말씀이라도 주셨으면 좋았을 텐데요."

"권창수가 연락하지 않았어?"

"했습니다, 귀하가 도착하고 난 다음에요."

"내가 좀 빨리 오긴 했지."

아직 회의장을 떠난 지 20분도 채 지나지 않은 시점. 이런저런 사정을 감안하면 권창수가 늦게 연락한 것은 결코 아니었다.

"그래서 내가 사과라도 해야 하나?"

"아뇨, 다만 오실 줄 미리 알았다면 대접이라도 해드렸을 텐데 싶어서……."

"됐어, 그런 거 싫어하니까. 나에게 들려줄 이야기가 있을 텐데?"

"세실리아 양에 대한 말씀이군요."

"그래, 지금 어디 있어?"

은여월의 얼굴에 갈등의 기색이 스쳤다. 세실리아에 대한 정보는 그들이 가지고 있는 거의 유일한 카드. 싱겁게 까발리고 나면 써먹을 팻감이 전무하게 된다. 그 뒤에도 한국 측이 흔쾌히 도와준다면 또 모를 일이지만, 만약 그렇지 않다면……

"여기까지 들릴 지경이네."

"네?"

"머리 굴리는 소리, 정보를 토해야 할까 말아야 할까? 토하면 이 자식들이 날름 먹고 튀지는 않을까?"

"……"

"안 그래, 그리고 까놓고 말하자면, 말해주지 않아도 크게 상관없어. 일본 어딘가에 있을 테니 노력 좀 들여서 수색하면 그만이야."

정말 그게 말처럼 쉬울까? 비록 절반 가까이 침몰했다지만 일본 열도의 면적은 한반도 전체에 필적한다.

하지만 눈앞의 사내에겐 그리 어려운 일이 아닐 수도 있었다. 은여월은 더 시간을 끌지 않기로 했다.

"말씀드리죠. 다만 청컨대······."

"당신네를 배신하거나 저버릴 생각은 없어. 이 말을 듣고 싶은 거지?"

"감사합니다."

2

은여월이 가르쳐 준 곳은 의외의 장소이었다.

"제주도란 말이지?"

그녀 나름대로 머리를 쓴 셈이었다. 제주도라면 최악의 경우에도 추격대가 세실리아를 최대한 찾아내지 못하게끔 안배를 했다고 할 수 있었다. 적시운은 단번에 남해를 횡단해 제주도로 향했다.

이제는 무인도나 다름없게 된 삼다도의 짠 바람이 적시운을 맞았다. 이미 오래전에 마수들이 휩쓸고 간 해안엔 생명체의 흔적 자체가 희박했다. 정확한 위치까진 듣지 못했지만 상관없었다.

적시운은 두 눈을 지그시 감고서 기감을 펼쳤다.

우우웅.

입신(入神)의 경지에 든 천마신공은 적시운의 오감을 광역 탐지 장치에 버금가는 수준으로 만들어놓았다. 거기에 더하여 한층 강해진 염동력까지. 지금의 적시운의 무력은 백진율이나 무백과 싸우던 때보다도 진일보해 있었다.

무백의 코어를 흡수하며 얻게 된 막대한 에너지는 적시운의 의식을 각성시키는 한편, 정신력까지 강화했다. 그 덕택에 적시운은 어느덧 이능력의 랭크 업을 코앞에 두고 있었다.

"저긴가."

눈을 뜬 적시운이 신형을 날렸다. 방향은 서쪽, 한라산이 자리 잡은 방향이었다.

사아아아.

우거진 수풀 위로 날아가니 거대한 파문이 초록빛 능선 위로 번졌다. 노루나 사슴을 닮은 야생동물들이 수풀에서 튀어나와 이곳저곳으로 달아났다. 그 형체를 보자면 마수화되었음이 분명한 모습이지만 위협적인 놈들은 아니었다.

기껏해야 D급이 될까 말까 한 수준의 마수는 기존의 야생동물들과 별반 차이가 없다고 볼 수 있었다. 인간이 사라진 자연의 모습 그대로라고나 할까. 물론 마수화되었다는 것 자체가 오염의 증거이니, 마냥 목가적이라고 볼 수만은 없었다.

쾌속으로 날아가던 적시운이 조금씩 속도를 줄였다. 이제는 정상이 코앞이었다. 담장처럼 솟은 분지의 모서리를 넘으니 백록담이 나타났다.

한때 호수가 있던 자리는 완전히 메말라 있었다. 화산 활동으로 인한 게 아닌 마수로 인해 증발되었다는 이야기를 어딘가에서 본 기억이 났다.

그렇게 말라 버린 호수 바닥 한가운데 자그만 건물이 있었다. 형태를 보자면 돔 모양의 벙커였다. 꽤 오래전에 만들어진 요인 대피용 방공호같았다.

바닥으로 내려선 적시운이 다가가자 차폐문이 좌우로 열렸다. 그것이 채 완전히 열리기도 전에 익숙한 여성이 틈새를 비집고 뛰어나왔다.

"오빠!"

세실리아가 달려와 적시운에게 안겼다.

"내가 오는 줄은 어떻게 알았어?"

"여월 언니한테서 연락이 왔어요. 오빠가 찾아올 거라고."

한 걸음 물러선 세실리아는 울먹이고 있었다. 위로의 말이라도 한마디 했다간 그대로 울음을 터뜨릴 게 분명했다.

[그러니 하지 말게. 어린 아해들이 징징대는 꼴은 영 못 보겠단 말이야.]

'심통하고는.'

적시운은 일단 가장 중요한 질문부터 던지기로 했다.

"대체 무슨 일이 있었던 거야?"

세실리아는 입술을 질끈 깨물어 울음을 참았다.

"얘기하자면 길어요."

차원 게이트로부터 쏟아져 나온 마수들은 북미 대륙을 쑥대밭으로 만들어 놓았다.

세계 제일의 군사력을 지닌 미국이었기에 나름대로 반격을 할 수는 있었으나, 본토를 직접 타격해 온 마수들에겐 고전할 수밖에 없었다.

전술핵과 같은 광역 병기로 쓸어버리자니 자국 영토가 초토화된다. 더군다나 방사능은 마수들을 강화하기까지 하니 봉인할 수밖에 없다.

그뿐이라면 모르겠으나 마수들은 미국 내의 전술적 핵심 지역을 골고루 타격하기까지 했다. 팔다리가 잘린 데다 곳곳의 급소까지 찔린 셈이었다. 그때 미국의 파멸은 확정적으로 보였다.

그러나 그 와중에 홀연히 등장한 신인(神人)이 있었으니, 그가 바로 미 대륙의 구세주이자 훗날 황제로 등극하는 라자루스였다. 라자루스는 스스로를 황제라 칭하고 북미 제국의 건국을 선언했다.

예전이었다면 다들 코웃음 칠 일이었다. 하지만 황제의 군대가 곳곳에서 승리하기 시작하자 상황이 달라졌다. 사람들은 앞다투어 황제에게 무릎을 꿇었다.

자신들을 이 지옥에서 구해줄 수만 있다면 그 누구에게 충성하지 않으랴. 설령 그자가 악마라 하더라도 영혼의 찌꺼기까지 모조리 내다 팔 수 있는 것이 바로 인간이란 동물이었다.

황제는 그 모두를 자신의 성전(聖戰)에 참가시켰다. 그리고 마침내 대륙 내의 마수들을 섬멸. 기나긴 전쟁을 종결지었다.

"그게 세간에 알려진 황제 전설이지. 위대한 건국 신화. 노던 아메리칸 엠파이어(Northern American Empire)의 창세기. 그리고……."

네버모어는 냉소를 머금었다.

"가장 거대한 사기극이기도 하지."

"그러니까……."

오스카리나가 미심쩍은 태도로 물었다.

"황제의 행적이 전부 거짓말이라는 거야?"

북미 제국의 황제 찬양은 가히 광신적이었다. 황제는 홀로 벌판을 가득 메운 수만 마리의 마수를 휩쓸었으며, 러시모어 산에서 대마수 이스카리옷(Iscariot)과 혈투를 벌여 승리하였다.

대체로 이처럼 수많은 전설과 같은 행적들이 노래나 시와 같은 형태로 반포되었다. 특히나 어린아이들에겐 필수적으로 주입되는 것이 황제의 업적으로 점철된 역사였다.

"거짓은 아니야."

네버모어는 딱 잘라 말했다.

"그렇기에 더더욱 역겨운 일이지."

"그게 무슨 뜻이야?"

"생각해 봐, 누군가 당신이 자는 동안 치명적인 전염병 바이러스를 몸속에 주사했어. 그러더니 시간이 흘러 당신의 몸이 병들고 약해져 죽기 직전에 이르렀을 때 독한 약을 처방해 살려냈어. 근데 이제는 자기를 구세주로 모시라고 하네? 당신이라면 기뻐하며 그자를 떠받들겠어?"

"……."

오스카리나는 충격이 가득한 얼굴로 침묵했다. 네버모어의 비유를 요약하자면 하나의 결론밖에 없었다.

"그러니까 당신 말은…… 이 땅에 마수를 불러들인 게……?"

"황제야, 라자루스 1세. 미국의 살해자이자 세상의 기만자……."

네버모어는 일말의 웃음도 없는 얼굴로 말했다.

"그자가 이 세계를 파멸시킨 거야."

"상황은 갑작스럽게 돌변했어요. 황제의 명을 받은 친위대가

에메랄드 시타델에 들이닥쳤어요. 에블린은 풀려나고 아킬레스 님은 유폐되었죠. 저희는 다시 쫓기는 신세가 되었고요."

"그래서 태평양을 건너기로 한 거야?"

"네, 할머니가…… 지금이라면 건너갈 수 있을 거라고 하셨어요. 오랫동안 분석해 오신 것이 마무리되었다고, 이제는 최후의 희망에 기댈 수밖에 없다고……."

"그게 나란 말이야?"

세실리아는 고개를 끄덕였다.

"황제는 왜 그렇게 너희와 김은혜에게 집착하는 거지?"

"모르겠어요. 다만 할머니 말씀으로는……."

"김은혜가 뭐라고 했는데?"

"황제가 오빠에 대해 알고 있는 모양이라고 하셨어요."

적시운은 굳은 얼굴로 생각에 잠겼다. 무백의 말대로라면 황제는 곧 이 세계의 천마. 나아가 차원 게이트를 열어젖힘으로써 지금의 세계를 만들어낸 장본인이었다.

배후에서 세상을 주물러 온 인간이니, 적시운에 대해서 아는 것이 불가능하지만은 않을 터였다. 북미 대륙을 넘어 아시아까지 이어진 적시운의 행적 중 상당수는 넷상에도 퍼져 있었고, 황제쯤 되는 이가 그런 정보를 취하지 못했을 리 없었다.

'그런데 왜……?'

이미 모든 것을 갖춘 세상의 지배자가 이제 와서 야욕을 드러닐 이유가 뭐란 말인가?

세계 정복 같은 게 목적이었다면 이미 오래전에 이루고도 남았을 텐데 적시운이 나타난 다음에야 행동에 나선 것은 이해하기 힘들었다.

'당신 생각은 어때?'

[본좌가 뭘 알겠나? 그 황제라는 놈팡이를 만나 본 것도 아닌데.]

'서로 다른 차원이라고는 해도, 어쨌든 황제가 곧 당신이잖아.'

[본좌는 차원이니 뭐니 하는 것에 대해선 잘 모르네만 이것만큼은 잘 알지.]

천마가 단호한 음성으로 말했다.

[완전히 똑같은 사람이라 해도 자라난 환경과 겪어온 일에 따라 전혀 다른 사람이 될 수 있다는 것 말일세.]

'그건…… 그렇지.'

적시운은 일단 의문을 접어두기로 했다. 어차피 지금 머리 싸매며 고민해 봐야 답이 나올 문제가 아니었다.

"그런데 김은혜는 지금 어디에 있어? 너희와 함께 바다를 건너지 않은 거야?"

"할머니는…… 도중에 저희와 헤어지셨어요."

"북미 제국에서?"

"아뇨, 대양을 건너는 도중에요."

적시운이 의아한 표정을 지었다. 드넓은 태평양 한가운데에 대체 의탁할 곳이 있기나 하단 말인가?

"바닷물에 몸을 던져 버렸다는 얘기는 아닐 테고……. 뭐가 어떻게 된 거야?"

"섬이 하나 있어요. 할머니 말씀으로는 과거에, 그러니까 북미 제국이 생겨나기 전에 있었던 나라의 군사기지가 있는 섬이래요."

"미국의 군사기지가?"

세실리아는 고개를 끄덕였다.

"네, 그 덕분에 지난 마수 공습 때에도 비교적 온전히 남을 수 있었대요. 그곳에서 살던 사람은 모두 죽거나 달아나 버렸지만……."

군사기지가 있다는 것은 곧 방공호가 존재한다는 뜻이다. 인간이 없는 곳엔 야생형의 잔챙이만 남는 것이 마수의 습성임을 감안하면, 오히려 지금 같은 때엔 숨어 지내기에 적합하다고 할 수 있었다.

"김은혜는 그곳에 홀로 남았다는 거지?"

"네, 호위형 안드로이드 한 대와 함께요."

적시운은 그곳이 어디인지 알 것 같았다.

"하와이(Hawaii)로군."

"당신은 누구지? 만약 그 이야기가 사실이라면 대체 어떻게 알게 된 거지?"

"쉽게 말하자면 레지스탕스지, 거짓된 제국 대신 진정한 미국을 되살리고자 하는."

"그것만으로는 설명이 부족하다는 걸 알 텐데?"

"뭐, 좋아. 우리는 오래전 미국이 붕괴하기 전에 정부 각 부처에서 중요한 자리를 차지하고 있었던 사람들의 후예야. 미합중국의 요직에 있었던 덕분에 운 좋게도 전쟁의 화마를 피해 살아남은, 목숨을 빚진 자들의 후손이지."

"목숨을 빚졌다고?"

"우리는 선량하고 용감한 이들이 싸우다 죽는 동안 비겁하게 숨어 지내며 살아남았으니까. 우리의 목숨을 그들에게 빚진 셈이지."

"……"

"내 생물학적 부모는 미 국방정보본부, DIA(Defense Intelligence Agency) 소속이었어."

"DIA……?"

"그래, 중앙정보국(CIA)의 친척쯤 되는 부서지."

"미안하지만 그런 설명을 들어봤자 잘 모르겠는걸."

"그냥 핵심적인 요직에 있었다는 것만 알면 돼. 어쨌든 그 덕에 우리의 선대는 전쟁이 나기 이전부터 어느 정도의 징조를 포착했었지."

"징조?"

"그래. 코드네임 라자루스, 후에 황제로 등극하는 그자는 미 국방부와 정보국이 예의 주시하는 위험인물이었어. 인터폴을 비롯한 50여 개의 국제기구가 주시하는 극비 요주 인물이기도 했지."

"잠깐만, 그렇다는 건 황제가 전쟁이 발발하기 이전부터……?"

"그보다도 훨씬 전의 인물이야. 어림잡아도 족히 수백 년을 살아온 괴물이니까."

"……!"

파랗게 질린 오스카리나를 보며 네버모어는 담담히 말했다.

"라자루스라는 건 물론 가명이야. 애초에 그가 쓰러뜨린 대마수 이스카리옷부터가 성경에서 따온 명칭이지. 그가 이룩한 행적들은 대부분 예수의 마이너 카피에 불과하고."

"그렇다면 그는 대체……?"

"놈의 출생지는 중국의 서부, 본명은 알려져 있지 않지만, 본명 이상으로 유명한 이름을 한때 지녔다더군."

잠시 뜸을 들인 네버모어가 말을 이었다.

"천마라는 이름을 말이지."

"우선은 김은혜부터 데려올게. 이곳에서 기다리고 있어."

"그럼 저도 함께……!"

"혼자 다녀오는 게 더 빠를 거야."

"대양에는 무시무시한 마수가 득실거려요. 혼자 가셔도 괜찮으시겠어요?"

세실리아가 걱정 가득한 얼굴로 물었다.

그러고 보면 그때 오소독스에서 헤어진 이후로는 거의 만난 일이 없던 사이. 적시운에 대한 기억이라고는 기껏해야 황혼의 순례자를 쓰러뜨린 이후가 마지막일 터였다.

"걱정하지 말고 기다려."

적시운은 백록담을 떠나 동쪽으로 향했다. 고도를 충분히 높이고서 십이성 공력으로 시우보를 펼치니 음벽(音壁)을 부수는 뇌성이 하늘을 뒤흔들었다.

꽈르르릉!

적시운은 한줄기 섬전이 되어 단번에 현해탄을 가로질렀다. 지금은 군도에 가까운 형태로 토막 난 일본 열도가 발아래로 스쳐 지나갔다.

그리고 그 너머엔 센다이 마엘스트롬이 맹렬한 기세로 소용돌이치고 있었다.

[저곳에서 괴물 놈들이 쏟아져 나올 거란 말인가? 무턱대고 나오다가 급류에 휩쓸려 버릴 것 같네만.]

'그러니 물살을 견뎌낼 만한 대형 마수들 위주로 튀어나오겠지.'

[흠, 마치 누군가 선별하여 내보낸다는 듯한 투로군.]

'예전이었다면 나도 가당치 않은 얘기라고 생각했을 거야.'

[하지만 지금은 아니라는 건가?]

'그래.'

대화하는 사이에 마엘스트롬이 스쳐 지나갔다.

적시운은 미네르바를 꺼내어 하와이의 위치를 확인했다. 현위치로부터 대략 5,000㎞ 거리였다. 예전이었다면 까마득했을 거리였으나 지금은 아니었다. 마음만 먹는다면 이대로 미국까지도 날아갈 수 있었다.

적시운이 그렇게 생각하고 있자니 전방에서 시커먼 무언가가 몰려드는 게 보였다. 처음엔 그저 먹구름이겠거니 싶었으나 다시 보니 아니었다.

하늘을 가득 메운 썬더 버드(Thunder Bird) 무리. 다 자란 성체를 기준으로 어렵잖게 A등급을 마크하는 상위권 비행형 마수였다.

"바다는 마수의 영역이란 거군."

쿠르르르.

각각의 개체가 날갯짓을 할 때마다 뇌전이 꿈틀거렸다. 그 숫자는 어림잡아도 족히 수백 어쩌면 그 이상일 수도 있었다.

[새 떼답게 퍽 요란스럽구먼.]

여유롭게 중얼거리는 천마의 목소리에 피식 웃은 적시운은 한층 속도를 올렸다.

"잘된 일이잖아? 안 그래도 깨어난 다음에 몸도 제대로 풀지 못했는데."

[자네 몸은 본좌가 실컷 풀어두었네만.]

"그래서, 그냥 싸우지 말고 달아나라고?"

[말도 안 되는 소리.]

천마가 짐짓 엄숙한 어조로 말했다.

[참새 떼거리가 무서워 달아난대서야 천마의 위신이 서겠는가?]

"그럼 결정됐네."

내공을 끌어올린 적시운이 빙긋 웃었다.

"오늘 저녁은 초대형 치킨이다."

[채신머리없기는, 쯧.]

천마가 혀를 차고서 대꾸했다.

[기왕 먹을 거면 용봉탕쯤은 되어야지.]

"천⋯⋯ 마?"

"그래."

고개를 끄덕인 네버모어가 설명했다.

"동양인들에게 있어 하늘은 모든 것의 으뜸을 뜻하지. 마(魔)를 직역하자면 데빌, 혹은 데몬을 뜻하지만 우리가 가진 기독교 적 개념과는 조금 다르다."

"⋯⋯?"

"이해하지 못했나? 하긴 너는 전쟁 이후의 세대이니 기독교 부터가 생소하겠군."

어린애 취급하는 듯한 태도에 오스카리나는 미간을 찡그렸 다.

"마치 자기는 아니라는 듯이 말하네? 설마 당신도 수백 년 묵은 산송장?"

"농담이라면 별로 재미없군. 우리는 전쟁 이전 세대의 기록 을 고스란히 물려받았다. 그렇기에 너희가 모르는 진실을 알 고 있는 거지."

"잘나셨어. 그래서 그자, 천마는 어째서 차원 게이트를 열어 괴물들을 세상에 풀어놓은 거지?"

"그것까진 모른다. 놈의 머릿속을 들여다본 것도 아니니."

세상의 구세주 노릇을 하고 싶었거나, 혹은 미국에 강한 원한이 있어 불타오르는 꼴을 보고 싶었거나. 어느 쪽이 되었든 정상이란 생각은 들지 않았다.

"좋아, 지금까지 떠든 얘기를 믿는다 치고…… 김은혜의 행방을 찾는 이유는 뭐지?"

"그녀가 키워드일 테니까."

"자세히 설명 좀 해주겠어?"

"한국계의 이름을 쓰며 본인 역시 한국인으로 위장하여 살아왔지만, 그녀의 본 국적은 대한민국이 아니다."

"잠깐만, 대한민국이라면 설마……?"

"너도 알고 있는 인물, 적시운의 국가지."

한동안 듣지 못했던 이름에 오스카리나는 심장이 약동하는 걸 느꼈다. 하지만 설렘도 잠시, 네버모어의 말이 가져다준 의미를 되새기니 의문이 뒤를 따랐다.

"김은혜가 한국계가 아니라고?"

"그렇다. 그녀의 출생지는 북아시아 정확히는 남부 시베리아 지방이다. 그녀 또한 중국 변방 민족 출신이지."

"북미 제국 사람이 아니란 말이야? 그 먼 곳에서 북미 제국까지 이주해 왔다고?"

"그렇다, 제국이 세워지기 이전의 일이긴 하지만."

"그렇다는 건……!"

"그녀도 본명은 알려져 있지 않다. 천마와 마찬가지로 세간의 호칭으로 잘 알려져 있지. 북해빙궁의 궁주, 설천녀라는 호칭으로 말이야."

"그러니까 그녀도 천마와 마찬가지로……?"

네버모어는 고개를 끄덕여 오스카리나의 추측을 확인시켜 주었다.

"수백 년 전에 태어난 인물이다."

여덟 개의 섬으로 이루어진 하와이 군도, 그중 오아후 섬의 진주만은 한때 미 해군기지가 자리 잡았던 곳이다. 하지만 지금은 지구 어디에서나 볼 수 있는 흔한 폐허였다. 하나 그것은 외관상의 모습일 뿐 지하 방공호를 비롯한 상당히 많은 군사 설비가 불완전하게나마 보존되어 있었다. 정작 그곳에서 살아갈 사람은 단 한 명도 남지 않았지만 말이다.

기름 섞인 검은 파도가 을씨년스레 몰려왔다가 멀어지는 해안의 전경은 진주만이라는 이름이 조금도 어울리지 않는 모습이었다.

"물론 20세기 초, 해군기지가 세워지던 시절에도 그랬지만 말이에요."

해안가에 홀로 선 여인이 나직이 중얼거렸다. 세월의 흐름을 거스르지 못한 주름과 피부, 그럼에도 묘한 기품을 풍기는 노부인이었다.

"군함이 지나가기 위한 통로를 확보하기 위해 해안 전반에 퍼져 있는 산호초를 모조리 박살 내야 했지요. 그로부터 30년 뒤엔 대대적인 공습까지 벌어져 이곳 전체가 쑥대밭이 되어버렸어요."

이야기를 들어줄 사람은 보이지 않는다. 그러나 그녀는 그가 듣고 있다는 것을 알고 있었다.

"그리고 다시 백여 년이 지나선 마수들에게 짓밟히고 유린당했죠. 지구상의 모든 육지와 문명이 그런 것처럼."

"마치 직접 보기라도 한 것처럼 말하는군."

어디선가 들려오는 목소리. 노부인은 당황하지 않고서 담담히 웃었다.

"그렇게 보이시나요?"

"그렇게 생각하라고 의도한 건 아니고?"

"당신께서 그리 생각하신다면 아마도 그런 거겠지요."

쿵!

얼마 떨어지지 않은 지점에 무언가가 추락했다. 새카맣게 탄 그것은 거대한 괴조(怪鳥), A급 비행형 마수인 썬더 버드였다.

노부인은 시선이 목소리의 주인공을 향했다. 자그만 그림자 하나가 썬더 버드의 시체 위로 내려앉았다.

자그맣다고는 해도 그녀보다는 큰 체구, 내려선 이의 얼굴은 무척이나 낯익었다.

"오랜만이군요, 적시운 님."

"그러게. 시타델에서 잠깐 만난 이후로 처음이지, 아마?"

고개를 끄덕인 여인, 김은혜가 빙그레 웃었다.

"1년도 채 지나지 않은 일인데, 그사이 많은 것이 변한 것 같군요."

"짧은 시간이었지, 당신에게는 더더욱 그랬을 테고."

"그렇지만도 않았답니다. 열흘 같은 십 년이 있는가 하면 일 년 같은 하루도 있는 법이니까요."

"당신의 지난 일 년은 어땠는데?"

의미심장한 질문에 김은혜는 웃음을 거두었다.

"무척이나 길었지요. 많은 일이 있었고요."

"세실리아에게서 얘기는 대강 들었어. 동족들을 이끌고 태평양을 횡단했더군."

"그 아이는 무사히 한국에 도착했나요?"

"그래, 지금은 제주도에 있어."

김은혜의 얼굴에 안도의 빛이 드러났다.

"다행이군요, 정말 다행이에요."

"처음부터 알고 있었던 건가?"

대화의 맥락을 벗어나는 질문이었지만 적시운으로선 그 말을 꺼낼 수밖에 없었다. 김은혜와 재회한 순간 한 가지 사실을 깨달았던 까닭이다.

어째서 예전엔 몰랐을까? 이유는 두 가지였다. 하나는 적시운의 능력이 미약한 수준이었고, 다른 하나는 김은혜가 자신의 기척을 철저히 숨겼기 때문이었다. 다시 말해, 그녀는 적시운을 속인 셈이었다.

"무엇 말씀인가요…… 라고 묻는 것은 뻔뻔한 일이겠지요?"

"그래."

적시운은 한마디로 단정 지었다.

"내가 생각하는 게 맞다면, 당신은 나나 다른 누구의 도움 없이도 토마호크 클랜을 쓸어버릴 수 있었어. 오소독스의 삼림화 현상도 얼마든지 해결할 수 있었고."

김은혜는 대꾸하지 않았다. 그러거나 말거나 적시운은 말을 이어갔다.

"하지만 그러지 않았지. 그 때문에 당신의 동족들이 죽어갔는데도 말이야."

"……."

"생각해 보면 이상한 일이었어. 당신에 대한 제국의 대응은 이해하기 어려웠거든."

제국의 극비 데이터를 빼돌렸다는 이유로 김은혜와 그녀의 동족에게 수배령이 떨어졌다. 하지만 그런 것치고는 제국은 데이터 회수에 그다지 열성적이지 않았다.

정작 그녀가 시타델에 의탁하려 했을 때도 별다른 처벌이 없었다. 오스카리나 백작의 보호 때문이라고만 보기엔 뭔가가 허술했다. 그런데 황제는 하루아침에 마음을 바꿔 그녀를 붙잡으려 했다.

"당신이 태평양을 건너가려 했기에, 북미 제국이란 나라를 떠나려 했기 때문에 말이야."

"……."

"애초에 기후 패턴 데이터라는 것부터가 그래. 데이터라는 건 결국 파일화된 자료, 얼마든지 백업하거나 복사할 수 있는 거잖아? 기후 패턴이란 것부터가 그렇게까지 극비 자료이며 중요한 것인지도 의문이고."

말을 마친 적시운이 김은혜의 기색을 살폈다. 그녀는 무표정했지만, 동시에 수많은 감정을 표출하고 있는 것도 같았다.

"그렇다면 결론은 하나지. 황제가 원한 것은 데이터가 아닌 다른 무언가, 아니, 누군가였다는 것."

"……."

"그 누군가가 자신의 곁에 있기를 바라진 않아도, 최소한 자신의 나라를 떠나지만은 않기를 바란 거겠지. 그래서 그 누군가가 시타델로 돌아왔을 땐 내버려 둔 거야. 언젠가는 자기 발로 되돌아오리라 생각했기에."

"하지만 그 누군가는 결국 그 나라를 떠난 거군요. 그래서 황제가 분노하여 추격대를 보낸 거고요."

"내 추측대로라면 그래."

"고작 한 명의 여자에게, 그것도 이미 늙어버린 여자에게 그렇게까지 집착할 필요가 있을까요?"

"그 여자가 세상에 유일하게 남은 자신과 같은 존재라면. 수백 년에 걸친 인생의 반려자라면 그럴 수 있겠지."

적시운은 확신을 담아 말했다.

이제는 알 것 같았다. 왜 김은혜를 처음 봤을 때부터 묘하게 마음속이 동요했던 건지. 또한 그녀가 왜 이리 익숙하게 느껴졌던 건지.

"내 안의 또 다른 자아가 반응했기 때문이었어."

적시운은 그녀를 향해 말했다.

"설천녀."

4

"그리운 이름이로군요."

김은혜가 희미한 미소를 머금었다.

"언제부터 아셨던 건가요?"

"얘기 자체는 오래전에 천마에게서 들었어. 당신이 그녀일수도 있겠다는 생각을 하게 된 건 얼마 전, 그리고 확신하게 된건 방금 전이지."

"그랬군요."

"그러는 당신은 언제부터 알고 있었던 거지?"

"저 역시 그리 오래되진 않았어요."

"오래되지 않았다고?"

"물론 적시운 님이 무공을 익혔다는 것은 오소독스에 있던당시부터 알고 있었죠. 하지만 그게 설마 천마신공일 거라고는 생각지 못했어요."

"당신의 무공 수위라면 어렵잖게 간파할 수 있었을 텐데?"

김은혜는 가만히 두 팔을 벌렸다.

"직접 확인해 보세요."

적시운은 기감을 통해 그녀의 내부를 투시했다. 그리고 모든 것을 이해했다.

"무공이…… 폐해진 건가?"

"그렇습니다."

"대체 누가? 아니, 바보 같은 질문이군. 이런 짓을 벌일 사람은 한 명뿐일 테니."

김은혜는 대답 없이 미소만 지었다. 물론 그 표정만으로도충분한 대답이 되었다.

"가능성이 없지 않다는 생각은 했어요. 그래서 저도 조심할 수밖에 없었죠. 어쩌면 이게 그 사람의 함정일지도 모른다는 생각도 들었으니까요."

"함정?"

"네, 저에게 희망을 안겨줬다가 더 큰 절망을 안겨주려는 계략이 아닐까 생각했답니다."

"그러니까 황제가 나를 보냈을지도 모른다고 생각했다는 거야?"

김은혜가 고개를 끄덕였다. 잠시 침묵하던 적시운이 입을 열었다.

"황제가 바로 천마로군."

"네."

"차원 게이트를 엶으로써 이 세계를 송두리째 바꿔놓은 장본인이기도 하고."

"네."

"놈은 대체 왜 그런 짓을 저지른 거지?"

김은혜의 미소에 슬픔이 깃들었다.

"그 누구보다도 제가 알고 싶은 점이랍니다."

"천마가 왜 황제가 되었는지, 왜 이 모든 일을 저질렀는지 모른단 말이야?"

"그래요."

처연히 대답한 김은혜가 씁쓸히 웃었다.

"우습지요? 남들의 몇 배에 이르는 인생을 곁에서 살아왔는데도 그 남자의 속내조차 알지 못하다니."

"……"

"모든 것은 그날 시작되었어요. 무림맹의 최정예 전력이 총동원된 습격, 거기서 가까스로 그가 살아남은 운명의 날 말이에요."

적시운은 자기도 모르게 주먹을 불끈 쥐었다. 운명의 날, 자신이 무림맹의 결사대와 함께 천마를 습격했던 바로 그날.

그것은 어디까지나 다른 차원에서의 일, 이 세계와 거의 흡사한 거울 차원(Mirror Dimension)에서 벌어진 일이었다. 이 세계의 천마는 적시운을 만나지 않았다. 그 때문인지는 몰라도 그날의 습격에서 살아남을 수 있었다.

"그 후에 무슨 일이 벌어졌던 거지?"

"초주검 상태가 된 그를 제가 직접 거두었어요. 사흘 밤낮을 뜬눈으로 지새우며 간호했었죠. 그걸 하늘이 갸륵히 여기셨는지, 나흘째 되는 날에 그가 정신을 차렸답니다."

"그리고?"

김은혜의 얼굴에 드리운 그림자가 짙어졌다.

"겨우 깨어난 그는 달라져 있었어요. 명확히 설명하긴 힘들지만…… 느낌이 그랬어요."

"……."

"그는 천마신교로 돌아가지 않았어요. 자신을 습격한 무림 맹에 복수하려 하지도 않았어요. 천마를 잃은 천마신교는 자연히 쇠퇴했고 무림맹은 상처뿐인 승자로 남게 됐죠."

"하지만 당신은 천마의 곁에 계속 있었겠군."

고개를 끄덕인 김은혜가 허공을 응시했다.

"우린 세상을 방랑했어요. 장성을 넘고 대막을 넘어 서쪽의 끝까지도 가 보았죠. 중원의 비좁음을 알게 되었고 세계의 웅혼함을 알게 되었죠."

"당시의 일들이 행복한 기억으로 남아 있는 모양이군."

"네, 거짓말을 하진 않겠어요. 북해빙궁주의 의무를 저버리고서 그와 함께한 시간들은 무엇과도 바꾸지 못할 만큼 행복했습니다."

그 후의 북해빙궁은 어찌 되었을까? 필시 해피엔딩을 맞진 못했으리란 생각이 들었다.

"궁주로서의 중압감이 너무 컸다는 변명은 하지 않겠어요. 저로 인해 반천년 역사의 북해빙궁은 쇠퇴일로를 걷게 되었어요. 그 죄악의 업보는 평생 짊어지고 가야 할 테죠."

"미국으로 넘어간 것도 그때의 일인가?"

"그래요. 물론 시기적으로는 기백 년의 차이가 있긴 하지만요. 우린 문자 그대로 세계 전역을 돌아다녔고, 어떨 때는 한

곳에 수십 년씩 머무르기도 했어요."

"그런데도 천마의 계획에 대해선 몰랐다는 건가?"

"이따금 그가 공허한 눈으로 석양을 바라보는 때가 있었죠. 그럴 때면 난생처음 보는 사람이 눈앞에 있다는 느낌을 받고는 했어요. 수십 년도 아니고 수백 년을 함께해 왔는데도요."

김은혜의 눈빛에도 공허함이 깃들어 있었다.

"그의 모든 것을 알고 있노라고 생각했었는데, 사실은 가장 기본적인 것조차 몰랐던 거예요."

"······."

"별 도움이 되지 못해 죄송해요. 많은 것을 알게 되리라 기대하셨을 텐데."

그 말이 맞기는 했다. 가장 궁금한 점에 대해 알 수 없게 되었으니. 하지만 달리 보자면 천마의 의중이 그리 중요한가 싶기도 했다.

"어차피 부딪칠 수밖에 없는 운명이란 건 달라지지 않는데."

적시운의 혼잣말에 김은혜의 표정이 굳었다.

"그와 맞설 생각이시군요."

"내가 싫다고 해도 놈이 덤벼들지 않겠어? 펜타그레이드까지 보낸 걸 보면 그냥 넘어갈 생각은 아닌 듯한데."

"에블린을 만나셨군요."

"그래."

"그녀는 지금……."

"죽었어."

담담한 대답에 김은혜는 흠칫 몸을 떨었다.

"강해지셨군요. 제가 생각한 것보다도 더."

"황제에 비하면 어떨지 모르겠지만 말이지."

"저도 그의 힘이 어느 정도인지는 알지 못해요. 그 한계의 끝을 가늠할 수 없다는 것만 알 뿐이죠."

적시운은 차분히 고개를 끄덕였다. 딱히 놀랄 것도 없는 얘기였다. 이 모든 일의 원흉이 수준 미달의 힘을 지녔을 리는 없었다.

"주사위는 이미 던져졌으니 앞으로 나아가는 수밖에……. 여기까지 온 이상은 끝장을 봐야지."

"그게 적시운 님의 결심이로군요."

"그래, 그리고 천마의 결심이기도 해."

김은혜의 눈동자가 미세하게 흔들렸다. 물론 그녀 또한 잘 알고 있었다. 적시운이 언급한 천마가 자신이 알고 있는 그 사람이 아니라는 것을. 그렇더라도 가슴 한가운데에 파문이 일어나는 것은 어쩌지 못했다.

"격체신진술…… 그 사람의 의식이 당신 안에 있는 거군요."

"그래."

"그럼 지금도……?"

"멀쩡히 이 대화 전부를 듣고 있어."

김은혜는 여전히 흔들리는 얼굴로 간신히 고개를 끄덕였다.

"대화해 보겠어?"

짧은 침묵이 내려앉았다.

적시운은 차분히 그녀가 생각을 정리하도록 기다려 주었다. 잠시 후 김은혜는 느릿하게 고개를 가로저었다. 마지막까지 갈등한 것이 명백한 얼굴이었다.

"그렇군, 알겠어."

"그분에겐…… 죄송하다고 전해주세요."

"그럴게, 이미 들었겠지만."

"그런가요? 하긴 그렇겠군요."

"어쨌든 대화는 이만하고 장소부터 옮기자고. 지금 당장 해야 할 일도 깔려있으니."

"알겠습니다, 물건을 챙겨 올 테니 조금만 기다려 주시길."

"그러지, 다녀오도록 해."

김은혜가 지하 벙커로 향했다. 그 뒷모습을 바라보던 적시운이 마음속으로 넌지시 물었다.

'괜찮은 거지?'

[바보 같은 질문이로군.]

천마의 음성은 흔들림이 없었다.

[그녀는 본좌가 아는 설천녀가 아니고, 본좌 또한 그녀가 아는

천마가 아니다. 그런 마당에 대화를 나누어 봐야 무슨 의미가 있겠는가? 회포를 푸는 게 아니라 마음만 심란해질 것이야.]

'순천자랑은 밤새 떠들어 댔으면서.'

[……]

한 방 먹은 천마가 의식 깊은 곳으로 숨어버렸다.

적시운과 김은혜는 우선 제주도로 향했다. 그곳에서 세실리아와 합류, 다 함께 신서울로 이동했다.

"돌아오셨군요."

권창수를 비롯한 수뇌부가 기다리고 있었다.

적시운은 간단히 소개를 마치고서 본론으로 들어갔다.

"우선은 마엘스트롬의 차원 게이트부터."

징조만이 보일 뿐 차원 게이트는 아직 열리지 않았다. 그렇다면 열리기 전에 저지하는 것도 가능할 터였다.

"차원 게이트는 일종의 술식을 기반으로 작동해요. 밀야(密夜)라고도 불렸던 천축의 밀교로부터 탄생한 주술의 개량형이라 할 수 있습니다."

김은혜의 설명에 김성렬이 멍한 얼굴을 했다.

"어, 그러니까 마법이나 뭐 그런 비슷한 거란 말씀이오?"

"허무맹랑하다고 생각하시나요?"

"아니, 그렇지는 않소. 예전이라면 그랬을지도 모르지만."

"조금 더 특별하며 강력한 이능력이라 생각하시면 될 거예요. 물론 근본적인 동력원은 다르지만요."

"한데 그 말씀대로라면, 저 게이트 역시 누군가가 인위적으로 열었다는 유추가 가능하군요."

"정확해요, 권창수 의원님."

"그럼 저것 역시 북미 제국의 소행이란 말씀입니까?"

"간접적으로 보자면 그렇다고 할 수 있겠지요."

"직접적인 주동자는 아니란 말씀으로 들리는군요."

김은혜는 담담히 고개를 끄덕였다.

"물론 게이트를 여는 것은 마수들이지요. 정확히는 황제로부터 그 방법을 전수 받은 마수들이라 해야겠군요."

"……!"

"지구에 도착해서 본 생물이 황소나 고양이 같은 동물들뿐이라면, 외계인 입장에선 지구인이 사족 보행하는 미개한 동물이라 생각할 수도 있겠지요. 마수에 대한 여러분의 인식이 바로 그러해요."

어느 정도는 인정할 수밖에 없는 말이었다.

"하긴 가루다 같은 놈은 마수면서도 인간 이상으로 영악하고 교활했지."

"가루다…… 라면 조류형 마수였나요?"

"가스형 마수였어. 초장거리 이동이 가능한."

"이름에 어울리는 능력이군요. 어쨌든 저 마수들에게도 수뇌부가 있어요. 지구, 그리고 차원 게이트와 관련된 모든 소행은 그들의 머리에서 나온 것이죠."

"그리고 놈들과 황제는 한 패거리고?"

"그래요."

김은혜의 대답을 통해 모든 것이 분명해졌다. 비단 적시운뿐 아니라 한국 정부의 입장에서도, 북미 제국의 황제는 반드시 처단해야 할 대상이었다.

"국가와 세력, 집단과 공동체 간의 이해관계를 벗어나 모두가 일치단결해야 할 사안이군요."

권창수가 굳은 표정으로 말했다.

"각국 정상들에겐 제가 설명하겠습니다. 조만간 아시아 정상 회의를 열도록 하죠."

"아시아라 해봤자 제대로 된 전력을 보유한 건 한국과 중국 정도잖소."

김성렬의 지적대로였다. 나머지 국가들은 자기네 앞가림을 하는 것조차 버거운 입장이었다.

"그렇더라도 무시할 순 없습니다. 그들 역시 이 행성에서 살아가는 이상은 책임과 권리를 지닌 셈이니까요."

"권 의원께선 생각보다도 낭만적인 성격이셨군."

"그렇게 생각하십니까?"

고개를 끄덕인 김성렬이 말했다.

"그 점이 싫지는 않소."

권창수는 미소를 지었다.

대강 이야기가 마무리된 듯했기에 적시운이 자리에서 일어났다.

"그럼 그쪽 일은 맡기겠습니다. 저는 제가 할 수 있는 일부터 하죠."

"마엘스트롬으로 향하시려는 거군요."

"예, 어차피 해야 할 일이라면 단숨에 끝내야죠."

5

마엘스트롬 공략을 위한 공격대 구성이 일사천리로 진행됐다. 사실 공격대라기엔 무척이나 엉성한 멤버였다.

"김은혜와 그렉, 차수정, 헨리에타만 데리고 가겠어."

선택받지 못한 이들은 물론, 선택된 이들도 당혹감을 감추지 못했다.

"잠깐만, 고작 우리 셋만으로 되겠어?"

"셋이 아냐, 김은혜도 있잖아."

"그렇긴 하지만, 저분이 전투에 가담하진 못할 것 아냐."

"너희도 마찬가지인데."

적시운의 대답에 헨리에타는 멍해졌다.

"그럼 우리는 왜 데려가는 건데?"

"김은혜 수발들라고."

"……."

"짓궂으시네요, 시운 님."

쓴웃음을 지은 김은혜가 대신 설명에 나섰다.

"우리의 목표는 소용돌이 속에서 구축되고 있는 차원 게이트를 소멸시키는 거예요. 그건 여러분도 알고 계시지요?"

"네."

"현재 센다이 지역의 게이트는 완전히 개방되지 않았어요. 하지만 그 상태로도 소수 병력을 전송시키는 건 가능하죠. 따라서 저들은 게이트를 지키기 위한 수비 병력을 먼저 이동시킬 거예요. 혹은 주변 지역의 마수들을 불러들일 수도 있을 테고요."

"저들이라니요?"

"마수들의 지배층…… 이라고 이해하시면 될 듯하네요."

많은 것은 내포한 대답이었다. 지구를 침공해 온 마수들은 그저 단순한 괴물 무리가 아니라는 의미이기도 했다.

"그 수비 병력은 아마도 적시운 님 홀로 상대하실 거예요.

그렇지요?"

"괜히 다른 사람이 끼어봤자 방해만 돼."

오만하게까지 느껴지는 적시운의 대답, 하지만 그 말에 반박할 수 있는 사람은 아무도 없었다.

"적시운 님이 수비 병력을 상대하는 동안 저는 게이트 파괴 공작을 수행하겠어요. 여러분의 임무는 저를 돕는 것이 되겠지요."

그녀의 설명을 듣고서야 세 사람도 납득할 수 있었다. 하지만 모든 것이 완벽하게 이해되지는 않았다.

"그렇더라도 머릿수는 좀 더 채우는 편이 낫지 않을까요, 선배?"

"일반적인 전장이라면 그렇겠지."

"아."

센다이 마엘스트롬은 엄청난 유속을 자랑하는 초대형 소용돌이, 주변 또한 발 디딜 곳 하나 없는 망망대해였다.

단순히 머릿수만 늘리겠다는 계산으로 병력을 마구 끌고 가 봤자 방해만 될 공산이 컸다. 바다라는 전장부터가 인간에게 있어 도저히 메리트가 될 수 없기도 했고.

"무엇보다도 지금은 최대한 전력 소모를 피하고 싶어."

"무슨 말인지 알겠어요, 선배."

"이해했으면 출발해도 될까?"

"잠시만요."

목소리는 일행과 조금 떨어진 곳에서 나왔다. 적시운은 그쪽을 돌아보지도 않고서 대답했다.

"너는 데려가지 않을 거야."

"어째서죠?"

"위험한 임무니까."

"더블 A랭크 화염술사인데도요?"

되묻는 목소리가 파르르 떨렸다. 분노라기보다는 풀이 죽었다는 게 어울릴 법한 음성이었다.

적시운은 그쪽이 아닌 김은혜를 돌아봤다.

"랭크 업을 한 건가?"

"그래요, 저 아이도 피나는 노력을 해왔답니다."

대답하는 김은혜의 얼굴엔 대견함과 안쓰러움이 공존하고 있었다. 거짓말이 아니라는 의미였다.

적시운은 그제야 고개를 돌려 세실리아를 보았다. 세실리아는 무언가를 결심한 듯한 얼굴이었다.

"이능력만이라면 오빠에게도 지지 않아요."

오래전, 화염의 마녀로서 대면했을 때 이후로 처음 듣는 듯한 날선 목소리. 적시운은 옛 생각에 실소를 머금었다.

"지금 날 도발하려는 거야?"

"사실을 말했을 뿐이에요. 못 믿겠다면 시험해 보면 되잖아요?"

"그러고 싶지 않다면?"

세실리아의 표정이 살짝 흔들렸다.

"왜, 왜요?"

"굳이 싸워보지 않아도 알 수 있으니까, 네가 강해졌다는 것쯤은."

"그, 그러면……."

"힘들었겠구나, 그동안."

세실리아는 뭉클한 얼굴이 되었다.

"오빠……."

"그래도 데려가진 않겠어."

"네? 어째서요?"

"네겐 따로 맡길 일이 있어서."

고집이라도 부리려던 세실리아가 움찔했다. 막무가내로 안된다고 하면 또 모를까 시킬 일이 있다는데 오기를 부릴 순 없었다.

"무슨…… 일인데요?"

질문에서 묻어나는 희미한 기대감, 그녀로선 적시운에게 무언가를 부탁받는다는 게 처음이나 마찬가지였다. 그렇다 보니 그 내용을 막론하고 마음이 동할 수밖에 없었다.

"마수나 북미 제국 말고도 우리에겐 적이 많아. 그 대부분은 쓸어버렸지만, 잔당이 제법 남아서 이 도시를 노리고 있어."

"그렇군요, 그러면 저는……."

"내가 사람 한 명 소개해 줄 테니 그 녀석과 함께 도시를 지켜줬으면 해."

그렇게 설명한 적시운이 이내 덧붙였다.

"너를 믿기에 부탁하는 거야."

뭉클……. 세실리아는 무언가에 홀린 듯한 얼굴로 적시운을 멍하니 바라봤다.

"아, 알겠어요. 하면 되잖아요."

그녀는 크게 인심 쓴다는 듯한 얼굴로 말했다.

"다른 사람도 아니고…… 오빠 부탁이니까 들어주는 거예요."

"그래, 고마워."

"그러면 그, 소개해 주겠다는 사람은 누군데요?"

"여기서 기다리고 있으면 올 거야."

"알았어요, 오빠……. 부디 몸조심하세요."

"그래."

그렇게 세실리아를 떼어낸 적시운이 회의실을 나섰다. 미묘한 얼굴로 그 장면을 지켜본 차수정이 옆으로 따라붙었다.

"그래서 누구를 소개시켜 주려고요?"

"몰라, 권창수한테 말해두면 적당히 사람을 보내겠지."

"저 아이, 선배를 정말로 좋아하는 것 같은데요."

"……"

"왜 거짓말까지 하면서 못 따라오게 한 거예요? 더블 A랭크 이능력자라면 도움이 되지 않을 수가 없을 텐데요."

"일반적인 이능력자라면 그렇겠지."

"네?"

"세실리아는 그냥 이능력자가 아냐."

"이미 눈치채신 모양이군요."

김은혜의 목소리였다. 적시운은 전방을 응시한 채로 대답했다.

"그래."

"어디까지 알고 계신 거죠?"

"천무맹에 대해서는 당신도 알고 있겠지?"

대화 주제를 벗어난 듯한 반문이었으나 김은혜는 딱히 동요하지 않았다.

"모를 수가 없지요."

"무백 노사라는 늙은이에 대해서도 알 테고 말이야."

"현원자 님 말씀이군요."

"그래."

"그는 지금……"

"죽었어."

짤막한 대답에 김은혜는 처연히 웃었다.

"가련한 사람, 왜곡된 복수심으로 긴 세월 동안 스스로를 괴롭혀 왔지요. 부디 평안한 곳으로 갔기를……"

"나는 놈이 불쌍하다고는 생각하지 않아. 어쨌든…… 놈은 죽기 직전 최후의 발악으로 과학의 도움을 택했지. 무엇인지 추측해 보겠어?"

"마수화…… 아마도 그것이겠죠."

"정확해, 역시 표면상으로나마 그쪽 계열 연구원이었기 때문에 잘 아는군."

북미 제국이 오랫동안 지속해 온 신인류 프로젝트, 에메랄드 시타델의 영주인 오스카리나부터가 그 프로젝트의 산물이었다.

하지만 이제 와 돌아보면 그녀는 결코 성공작이 아니었다. 그렇다고 실패작이라고 할 수도 없겠지만, 최대한 좋게 쳐 줘도 곁다리로 튀어나온 부산물이라 봐야 할 터였다.

"당신들도 똑같은 연구를 해온 모양이군. 어쩌면 천무맹보다도 훨씬 앞서서."

"그래요, 저 역시 그 프로젝트의 고문으로 참여했었습니다."

"연구원 출신이라던 얘기가 거짓말은 아니었다는 거군."

김은혜는 무겁게 고개를 끄덕였다.

"이능력자의 랭크 업은 결코 쉬운 일이 아니야. 나야 몇 차례 하긴 했지만, 그건 내가 규격 외의 존재인 데다 S급 마수들의 코어까지 흡수했기에 가능했던 일이지."

"그렇겠지요."

"하지만 세실리아는 코어를 흡수하거나 하지 않았을 거야. 그럴 여력이 결코 되지 못했을 테니까."

"정확히 보셨어요."

적시운은 잠시 침묵하다가 입을 열었다.

"예전에는 미처 몰랐지. 당신의 경우와 마찬가지로, 내게 누군가를 가늠할 안목이 부족했으니까. 그래서 다시 만난 다음에야 알게 됐어. 세실리아가 보통 인간과 다르다는 것을."

"……"

"그녀도 무백과 같은 존재인 건가?"

"네."

김은혜는 씁쓸히 인정했다.

"저의 체세포에 마수 이프리트의 인자를 이식한 클론……. 그게 바로 세실리아예요."

적시운을 제외한 세 사람이 경악한 눈으로 김은혜를 돌아봤다. 그녀의 말은 곧 북미 제국이 이미 마수화된 강화 인간을 생산할 기술을 충분히 갖췄다는 의미였다. 세실리아의 경우에 빗대어 보자면, 최소 더블 A랭크의 이능력자에 준하는 강화 인간을 만들어낼 수 있다는 뜻이었다.

"세실리아에겐 얘기하지 말아 주세요. 그 아이는 아무것도 몰라요."

"그래서 일부러 데려가지 않은 거야. 그 애가 있는 곳에서 이런 얘기를 할 수는 없으니까. 게다가……."

적시운은 미간을 찡그렸다.

"당신 얘기를 듣고 생각해 봤어. 수뇌부가 인간에 필적하는 지성을 갖췄다고 해도 마수 대부분은 이지없는 괴물에 불과한데, 어떻게 놈들에게 명령을 내릴 수 있을지."

"……."

"자세히는 몰라도 뭔가 마수에게만 통하는 지휘 체계가 있으리란 생각이 들더군. 그게 텔레파시가 됐든 정신 제어 능력이 됐든."

"그랬군요, 그래서……."

"세실리아 역시 반인반마(半人半魔)의 존재라면 그 영향을 받게 될지도 몰라. 우리가 지금 가려는 곳에는 거물이 나타날 테니까."

김은혜는 어두운 얼굴로 고개를 끄덕였다.

"그래서 데려가지 않는 거야. 대책을 마련한 다음이라면 모를까, 지금 세실리아를 데려가는 건 리스크가 너무 커."

그제야 적시운의 뜻을 이해하게 된 일행이 마음속으로 감탄했다.

대마도로 향한 일행은 곧장 은여월을 만났다. 적시운의 계획을 간략히 들은 은여월은 얼굴 가득 당혹감을 내비쳤다.

"잠시만요, 정말 그게 작전의 전부인가요?"

"정말 이게 작전의 전부야."

"일본의 나머지 섬까지 완전히 침몰시키기로 하신 건 아니고요?"

"재미있군, 그런 농담도 할 줄 알고. 첫인상은 농담 같은 거하고 한참 거리가 먼 아가씨라고 생각했는데……."

"저는 지금 진심입니다."

"나도 진심이야."

담백하기 짝이 없는 적시운의 말에 은여월은 입술을 질끈 깨물었다.

"다시 요약해 보죠. 지금 이 인원만 데리고서 센다이로 향하겠다. 그곳에서 정면 공격으로 게이트를 공략하겠다. 맞나요?"

"정확해."

"저희가 그런 작전을 받아들일 거라고 생각하시나요?"

"너희가 받아들이고말고 할 입장이 아니라는 것쯤은 알지."

내내 냉정을 유지하던 은여월의 얼굴이 일그러졌다.

"이 나라, 일본에 사형 선고를 내리러 오셨군요. 그런 거지요? 납득 못할 작전을 핑계 삼아 우리를 쓸어버리려 하시는 거지요?"

"그런 거 아니라니까 그러네."

"그렇다면 대체 왜……?"

"키사라기(如月) 양?"

조심스레 끼어드는 부드러운 음성, 김은혜였다.

"우리는 여러분을 도우러 왔어요. 그리고 적시운 님의 작전은 일견 무모해 보이지만 결코 그렇지 않답니다."

"하지만……."

"우리는 여러분을 저버리지 않을 거예요."

그녀의 음성엔 기묘한 설득력이 있었다. 기본적으로 냉소적인 성격인지라 뭘 말해도 공격적으로 들리는 적시운과는 달랐다.

"알겠…… 습니다. 저희는 여러분을 믿겠어요."

은여월이 진정하자 겨우 대화가 마무리되었다. 적시운은 내심 한숨을 내쉬고서는 김은혜에게 고맙다는 눈빛을 보냈다.

6

은여월은 적시운의 계획안을 수용했다. 어차피 일본으로선 거부할 여력이 없는 상황이었으나, 그래도 허락 없는 강행보다는 동의를 얻어내는 편이 뒷맛이 개운했다.

개시일은 이튿날로 정해졌다. 마음 같아선 지금 당장 마엘스트롬으로 향하고 싶은 것이 적시운의 심정이었지만 최소한의 준비를 할 시간 정도는 필요했다.

전투 개시는 내일 아침, 기본 레이드 멤버는 적시운 일행뿐이었으나 일본 측 마수 토벌군의 참전도 배제하지는 않기로 했다.

"대신 위험해지더라도 도와주지 않을 거라는 점은 미리 말해두지."

"유념해 두죠."

적시운의 경고에 은여월은 떨떠름하게 고개를 끄덕였다.

"근데 당신네 수뇌부는 어디에 있지? 아가씨가 일본 정부의 우두머리일 것 같진 않은데."

"그들은 신도쿄(新東京) 시에서 국정에 전념하고 있습니다."

"신도쿄?"

"옛 히로시마 시입니다. 센다이 사태 이후 수도로 지정되면서 이름을 변경했죠."

본래의 도쿄는 센다이 사태 당시 일본의 정치, 경제, 사회, 문화, 군사와 더불어 침몰했다.

"이번 마엘스트롬 사태는 전적으로 제게 일임되었으니, 정부 측의 반대에 대해선 생각하지 않으셔도 됩니다. 제 판단이 곧 일본 정부의 판단이니까요."

"그들을 원망하진 않나?"

서른 살도 안 됐을 젊은 여자한테 싸움질을 맡겨두고서 자기네는 꼭꼭 숨어 있는 작자들은 정치적 관점에서 보자면 충분히 이해 가능한 일이었으나, 역시 고깝게 보이는 건 어쩔 수 없었다.

"저는 조국을 위해 헌신할 수 있다는 것만으로도 만족합니다."

"조국이라."

적시운은 입속으로 그 단어를 곱씹었다.

"요즘 같은 세상엔 농담거리나 다름없는 단어일 텐데."

"……."

"뭐, 그쪽 생각이 그렇다면 내가 뭐라 할 거리는 없겠지. 어쨌든 수고하라고, 내일 볼 수 없을 수도 없을 테니 미리 인사해 두지."

"그렇지는 않을 겁니다."

"내일 작전에 참가할 건가?"

"네."

"위험해지더라도 도와주지 않을 생각인데?"

"제 몸을 건사하는 것쯤은 가능합니다."

적시운은 은여월을 위아래로 훑었다.

"그래 보이는군. 못해도 트리플B 랭크 이상, 구체적인 능력이 어떻게 되지?"

"염동력자, A랭크입니다."

"아, 그래? 나도 그런데."

"저도 그렇게 알고 있었습니다."

나직이 대꾸하는 은여월의 눈동자엔 수많은 것이 담겨 있었다.

"지금 생각은 다르지만요."

일본 정부는 자체적인 정보망을 통해 한국과 중국 간 전쟁의 상세한 내역을 파악할 수 있었다. 그중에서도 핵심이라 할 수 있는 정보는 두 가지였다.

천무맹, 그리고 적시운······.

하나는 근본적인 원흉이라 할 수 있는 세력, 사실상 이 전쟁의 알파이자 오메가라 할 수 있는 집단이었다.

반면 적시운은 일개 개인, 실질적인 전쟁의 종결자라지만 결국은 한 사람의 인간이었다.

그런데도 일본 정부는 그 두 가지에 대한 비중을 동일하게 취급했다.

고작 한 명의 인간, 그것도 모습을 드러낸 지 반년도 채 되지 않은 자를 수백 년 역사의 비밀 집단과 동등하게 취급한 것이다.

처음에 은여월은 그 사실을 이해할 수 없었다. 검은 안식일 이후의 세계, 기존의 물리 법칙과 상식이 송두리째 뒤집힌 세계라고는 해도 어찌 단 한 명이 그런 거대 집단과 동급으로 여겨질 수 있나 싶었다.

한데 이제는 아니었다. 그녀의 눈앞에 있는 사내는 결코 같은 랭크의 이능력자가 아니었다.

'그 이상의 인간? 혹은……'

"괴물인가?"

"……!"

은여월이 눈에 띄게 움찔했다. 목석이나 다름없는 평소 반응에 비하면 대단히 큰 리액션이었다.

"왜 그래?"

"방금…… 괴물이라고……"

"저거 말이야."

고개를 돌린 은여월은 맥이 빠지는 기분이었다. 회의실 벽에 걸린 오래된 그림, 유물 보존을 위해 가져다 놓은 일본의 민화였다.

"저걸 보고 중얼거린 건가요?"

"일단은, 근데 네 반응을 보니 뭔가 생각하고 있었나 보군……. 나에 대해서."

"그래요."

사면초가의 기분 속에서 은여월은 솔직하게 인정했다. 적시운은 그냥 그렇구나 하는 얼굴로 어깨를 으쓱였다.

"다른 사람들 보기엔 너도 충분히 괴물일걸."

"그 정도는 알고 있어요."

"그래, 그럼 괴물끼리 내일 잘해보자고."

대강 손을 흔든 적시운이 방을 나섰다.

이로써 50평 넓이의 회의실 안에 은여월 혼자만 남게 되었다.

"내일…… 이라."

"시운 님은 여전히 다정한 성격이시군요."

시커먼 파도가 일렁이는 대마도의 해안의 파랑을 바라보던 김은혜가 고개도 돌리지 않고서 말했다. 그녀에게로 다가오던 적시운이 미간을 찡그렸다.

"그게 무슨 소리야?"

"일부러 악역을 자처하신 거잖아요? 제가 끼어들 거라는 걸 알고서요."

"전혀 아냐."

딱 잘라 대꾸하는 적시운의 모습에 김은혜는 빙긋 웃으며 고개를 돌렸다.

"게다가 마지막까지 남아 그녀의 대화 상대가 되어주셨죠. 혹여나 그녀의 의지가 꺾일까 봐서요."

"완전히 틀린 추측이라니까."

"정말 그런가요?"

"그래."

어깨를 나란히 한 두 사람은 침묵 속에 한동안 가만히 있었다.

그 어색함을 견디지 못한 쪽은 역시 적시운이었다. 김은혜의 미소를 마주하고 있자니 발가벗겨진 기분마저 들었던 것이다.

"그러고 보니 당신도 천마와 비슷한 인간이었지."

"어느 누구도 그분과 비슷할 순 없을 거예요."

"하긴 누구도 그 인간처럼 굴진 못할 테니까."

비슷한 것 같으면서도 완전히 상반되는 뜻이었다. 적시운은 머릿속 어딘가에서 불편한 침음이 흘러나오는 것을 느꼈다.

"그나저나 일본어도 할 줄 아는 모양이지?"

"네, 아무래도 남아도는 게 시간이었으니까요. 현대 중국어와 영어는 물론, 일본어와 한국어, 독일어까지 어느 정도는 익혀뒀어요."

"그렇군."

"마수 생리학에 관한 연구도 마찬가지예요. 시운 님이 생각하신 것과 달리, 저는 직접 연구팀에 참여했었답니다."

"어째서 거기에 관심을 가진 거지? 괴물이라도 키워내고 싶었던 건…… 아닐 텐데."

약간은 무례하게 느껴질 법한 말을 이어가던 적시운도 그걸 느꼈는지 말꼬리를 흐렸으나 김은혜는 조금도 불쾌하게 받아들이지 않았다.

"키워내고 싶었던 건 맞아요. 그게 괴물이 아니었을 뿐이죠."

"미안."

무슨 뜻인지 이해한 적시운이 말했다.

"아뇨, 시운 님이 사과하실 필요는 없답니다. 제 욕심으로 시작한 일이었고, 결과적으로 세실리아에겐 용서받지 못할 일을 저질렀으니까요."

"그 녀석의 몸 안에 천마의 DNA도 들어 있는 건가?"

"네."

"자연적인 방식으로는 아이를 가질 수 없었던 건가?"

"격체신진술의 부작용이지요."

적시운이 움찔하여 김은혜를 돌아봤다. 김은혜는 아차 하는 얼굴로 덧붙였다.

"아뇨, 적시운 님의 경우엔 해당하지 않아요. 저희와 달리 정신이 다른 육체로 옮겨간 게 아니라, 다른 정신을 육체에 받아들였을 뿐이니까요."

"딱히 그것 때문에 놀란 건 아냐."

"그런가요? 후후."

적시운은 그녀의 시선을 피해 고개를 돌렸다. 빙긋 웃은 김은혜가 말을 이었다.

"그 사실을 알게 된 건 제가 유전학의 지식을 습득한 이후였어요. 이미 시기적으로는 20세기 중반이 되어버린 뒤였죠."

"……."

"우리 두 사람은 여러 차례 격체신진술을 통해 육체를 바꿨어요. 그럴 때마다 환골탈태를 함으로써 육체 유전자를 우리들 원래의 그것으로 변형시켰고, 그것이 원인이 되어 생식 기능을 소실하고 말았어요."

"그래서 시험관 아기를 택한 건가."

"네, 하지만 일반적인 시험관 생식도 불가능하더군요. 우리의 생식 세포는 다른 세포와 결합하는 것을 거부했고, 나아가 서로를 소멸시키려 했어요."

"암세포가 그런 것처럼?"

"네, 그래서 다른 해법이 필요했죠."

김은혜는 우울한 얼굴로 허공을 응시했다.

"그 당시의 저는…… 그 사람을 탓할 자격이 없을 만큼 망가져 있었거든요."

"……."

"정신을 차렸을 땐 이미 마수 조직의 인체 세포 주입이 성공한 뒤였죠."

"그렇다는 건……."

"마수 세포가 촉매로 작용할 경우, 우리들의 체세포가 파괴 능력을 상실하더군요. 별문제 없이 생식이 가능하게 된 거죠."

김은혜의 얼굴이 격하게 일그러졌다.

"인간도 마수도 아닌 괴물을 만들 기술을 손에 넣은 동시에, 우리 두 사람의 자손을 잉태할 방법도 손에 넣은 거예요."

"……."

"그게 벌써 20년 전의 일이군요. 아마 제가 시운 님과 처음 만나던 날보다도 훨씬 전에 상용화가 끝났을 거예요."

"황제가 그 기술로 세실리아 같은 강화 인간을 양산했을 거라 생각해?"

"가능성은 매우 높을 거예요."

"당신과 세실리아를 추격해 온 놈들은 그런 부류가 아닌 것 같던데."

"그들은 일종의 프로토타입이죠. 친위대니 뭐니 해도 결국은 버림패에 불과해요."

"에블린과 마찬가지로?"

김은혜는 일말의 고민도 없이 고개를 끄덕였다.

"에블린의 능력은 그 사람에게 있어서도 골칫거리였을 공산이 커요. S랭크 텔레패스의 정신 지배 능력은 생각 이상으로 치명적일 수 있으니까요."

강화 인간의 능력이 세실리아와 비슷하다고 친다면, 최소 두 자릿수까진 에블린에게 지배당할 가능성이 있었다. 그리고 두 자릿수의 A랭크 이능력자라면, 어지간한 국가 하나를 쑥대밭으로 만들기에 충분한 전력이었다. 에블린이 계속 살아 있었다면 그런 말썽을 일으켰을 가능성이 컸다.

"그렇다는 건 당신과 세실리아가 살아남으리란 걸 황제가 예상했다는 건가?"

"그것까진 몰라요. 하지만 가능성이 없다고는 못 하겠네요."

그 시점에서 두 사람은 대화를 중단했다. 불청객의 존재를 감지했던 까닭이다.

"그렇게 숨어 있지 않아도 돼요."

김은혜의 부드러운 음성에 해안가와 꽤 거리가 있는 수풀이 들썩였다.

"죄송해요, 엿들으려던 건 아니었는데⋯⋯."

차수정이 미안한 얼굴로 걸어 나왔다. 적시운은 조금 놀란 얼굴로 김은혜를 바라봤다.

"어떻게 안 거야?"

"시운 님도 아셨잖아요?"

"나야 그렇지만 당신은⋯⋯."

"무공을 소실했죠. 그래서 수정 양의 기척을 감지하진 못했어요. 하지만 시운 님의 표정이 미세하게 변하는 건 보았지요."

적시운은 내심 혀를 내둘렀다. 표정 변화라 해봐야 거의 느껴지지도 않을 수준으로 미간을 살짝 찌푸린 것에 불과했다. 그것만 보고도 정황을 파악했다는 게 도저히 믿기질 않았다.

"정말 사실이라면 귀신같은 눈치인걸."

"눈칫밥 먹으며 살아온 세월이 기백 년이랍니다."

반박할 수가 없었기에 적시운은 쓴웃음만 지었다.

7

"그건 그렇고……."

적시운은 어깨를 으쓱이고서 차수정을 돌아봤다.

"또 무슨 얘기를 하려고 생쥐처럼 숨어 있었던 거야?"

짓궂은 어조에 차수정이 눈초리를 세웠다.

"선배한테 용건이 있는 게 아니거든요?"

"하긴 네가 나보다 먼저 와 있었지."

적시운의 대답에 차수정이 흠칫했다.

"알고 있었어요?"

"응, 김은혜한테 가려다가 내가 오는 걸 보고 거기 숨은 거 잖아?"

"알면서도 모르는 척했단 말이에요?"

"응."

"……."

"난 그만 가 볼 테니 둘이서 얘기 잘 나누도록 해."

적시운이 도망치듯 자리를 떠났다. 작게 한숨을 쉬는 차수정의 뒤에서 김은혜는 미소를 지었다.

"제게 볼일이 있다는 거군요."

"아, 네!"

황급히 몸을 돌린 차수정이 몸 둘 바를 몰라 했다.

"저, 말씀 편하게 놓으세요. 저보다 훨씬 연장자이신데."

"한국어로는 존댓말 쓰는 쪽이 익숙해서요. 미안하지만 그냥 경어를 계속 써도 될까요?"

"무, 물론이죠. 그러시다면야 당연히……."

"저에게 하실 말씀은?"

허둥거리던 차수정이 짐짓 표정을 바로 했다.

"저, 시운 선배한테서 설하유운공을 전수받았어요."

"네, 알고 있답니다."

"선배가 얘기했나요?"

김은혜는 고개를 가로저었다.

"수정 양의 걸음걸이와 평소 움직임을 보고 추측했어요. 무공을 소실했다고 해도 눈썰미는 남아 있으니까요."

"아, 그러셨군요."

차수정이 감탄한 얼굴로 말했다. 무재가 있다고는 하나 수박 겉핥기식으로 무공을 전수받은 그녀로선 감히 따라 할 수 없는 경지였다.

"저, 그래서 말인데요."

차수정은 잠시 주저하다가 말했다.

"저를 단련시켜 주시기를 부탁드리는 건 염치없는 일일까요?"

"수정 양은 지금도 충분히 강할 텐데요."

"그렇지 않아요. 기초적인 동작에 대한 이해조차 전무한 걸요."

차수정이 고개를 살짝 숙였다.

"초식을 펼칠 때마다 느낄 수 있어요. 제가 그저 형식만 흉내 내는 데 급급하다는 것을, 동작을 따라 하면서 적당한 양의 내공을 싣기만 한다는 것을요."

"그걸 안다는 것부터가 무공에 대한 이해도가 높다는 뜻이에요."

"하지만 충분하진 않아요. 그것도 알고 계시잖아요?"

"그렇게나 강해지고 싶어 하는 이유는, 역시 시운 님인가요?"

"시운 선배에겐 큰 빚을 졌어요. 그걸 갚고 싶을 따름이에요."

"그게 전부인가요?"

"네……."

김은혜는 말없이 차수정을 응시했다. 그 시선에 속내를 읽히는 것만 같았기에 차수정은 얼굴 가득 홍조를 띠었다.

"저, 그러니까……."

"알겠어요. 더 말하지 않아도 돼요, 수정 양."

차수정은 안도의 한숨을 쉬었다. 김은혜는 알 것 같다는 미소로 그녀를 바라봤다.

"수정 양을 도와드리죠. 다만 제가 스승이 되겠다는 뜻은 아니에요. 그러니 저를 스승으로는 대하지 않으셔도 돼요."

"네? 하지만……."

"북해빙궁의 궁주는 평생 한 명의 후계자만을 기른답니다. 후대가 전대를 넘어선 순간 가르침은 끝을 맺게 되며 이를 종결짓는 것은 스승과 제자 간의 생사결이에요."

갑작스러운 얘기에 차수정의 동공이 확대됐다.

"네?"

"물론 빙궁은 멸망하여 흔적도 없이 사라졌지만, 저는 여전히 북해빙궁의 마지막 주인이에요. 제가 죽기 전까진 이 전통도 사라지지 않는 셈이고요. 그러니 만약 수정 양이 제 제자가 되겠다고 한다면……."

"아뇨, 아뇨! 제자가 되진 않겠어요. 그저 조언만 들려주시는 것만으로도 충분해요."

"고마워요, 수정 양."

생긋 웃은 김은혜가 말을 이었다.

"두 가지만 더 말씀드릴게요. 괜찮겠지요?"

"네, 물론이에요."

"좋아요, 우선은 하나. 제가 드리는 조언들은 분명히 도움이 될 테지만, 단번에 수정 양의 실력을 일취월장시키는 마법의 한마디는 결코 아닐 거예요. 이해하셨나요?"

차수정은 곧장 고개를 끄덕였다.

"날로 먹겠다는 생각 같은 건 처음부터 한 적 없어요."

"좋은 태도예요, 그럼 두 번째를 말씀드리죠."

김은혜는 말하기에 앞서 나직이 심호흡을 했다.

"무슨 일이 있더라도 시운 님의 곁을 지켜주세요."

"네?"

"저는 가장 중요한 순간에 그분의 곁에 있어주지 못했어요. 그것만이 이유일 리는 없겠지만, 그 후에 제가 연모했던 사람은 세상에서 사라져 버리고 말았습니다."

"아……."

"수정 양은 같은 실수를 반복하지 않길 바랄게요."

차수정은 숙연한 마음으로 고개를 끄덕였다.

"그 말씀, 꼭 명심할게요."

"그래요."

김은혜의 얼굴에 미소가 돌아왔다.

"그럼 일단, 수정 양의 현 실력부터 확인해 보도록 할까요?"

같은 시각, 신서울 행정부.

대통령 권한 임시 대행인 권창수에 의해 아시아 마수 토벌군이 창설되었다. 사실 창설이라 해봐야 기존에 존재하던 동백 연합과 데몬 오더, 주작전이라는 세 집단을 통합한 것에 지나지 않았다. 하지만 그것만으로도 분명 의미 있는 일이긴 했다. 천무맹이 멸망한 지금, 아시아 최강의 전투 집단이 생겨났다는 의미였으니.

"그리고 여러분 역시 참여해 주셨으면 하는 게 제 바람입니다."

대한민국 마수 토벌군 본부 응접실, 권창수와 마주 보며 앉아 있는 이들은 천마신교의 수뇌부였다.

수뇌부라 해봐야 엘레노아와 장로 몇이 전부였다. 천무맹과의 혈전은 천마신교에도 큰 상흔을 남겨놓았다.

"이 시대의 천마이신 적시운 님의 의지가 곧 저희의 뜻. 이런 자리를 마련하실 것 없이 그분의 명령을 받아 오시면 간단할 일입니다."

"그 적시운 님이 여러분과 상의해 보라 하셨다면 대답이 될는지요?"

말을 꺼냈던 노인을 비롯해 장로들의 얼굴에 희미한 당혹감이 번졌다.

"적시운 님은 여러분께서 스스로 행동하여 판단하시길 바랍니다. 충성을 빌미로 본인에게 모든 행동을 저당 잡히는 대신 말이죠."

"저당 잡히다니, 그분을 향한 우리의 뜻은……."

"그런 게 아니라는 건 잘 알고 있습니다. 하지만 여러분이 뭐라 말씀하시든 적시운 님의 뜻은 확고합니다."

장로들은 서로 돌아본 채 귓속말을 주고받았다. 사실 고민할 게 없는 상황이긴 했다.

천마신교는 적시운 덕택에 숙원을 이루었고, 적시운은 대한민국 소속이었다. 그러니 천마신교 또한 한국을 따르는 게 당연한 이치였다.

권창수가 그걸 몰라서 이런 자리를 마련한 것은 아닐 것이다.

"뭔가가 있는 거군요."

엘레노아가 입을 열자 장내의 시선이 그녀에게로 집중됐다.

"시운 님도 그렇고 권 의원님의 말씀도 그렇고…… 천마를 향한 맹목적인 충심을 벗어던졌으면 한다는 뉘앙스가 느껴지는 건 착각일까요?"

권창수는 마음속이 싸늘해지는 걸 느꼈다.

'마냥 착하기만 한 미녀인 줄 알았더니.'

엘레노아는 최소한 권창수가 생각하는 것보다는 훨씬 날카로운 안목을 지니고 있었다.

"솔직하게 답변해 드리자면, 그렇습니다."

"많은 설명이 뒤따라야 할 것 같은 답변이로군요."

"예, 제 생각도 그렇습니다."

"그렇다면 지금부터 설명을……?"

"물론 드려야겠지요. 처음부터 그럴 생각으로 찾아온 것이고 말입니다."

권창수가 손짓을 하자 정부 요원들이 무언가를 끌고 왔다. 그게 무엇인지 깨달은 엘레노아가 작게 탄성을 뱉었다.

"대장로님……!"

디스크 드라이브와 연결된 홀로그램 프로젝터에 간단한 조작이 이어지자 익숙한 영상이 떠올랐다.

순천자였다.

-이렇게 다시 만나게 될 줄은 꿈에도 몰랐구나.

"무사하셨군요……!"

-그렇단다. 백업 드라이브만 살아남은지라 상당히 많은 저장 기억을 소실해야 했지만.

"저희들은 기억하고 계신 거죠?"

-죽는 날까지도 잊지 못할 게다.

엘레노아에게 미소를 보낸 순천자가 권창수를 돌아봤다.

-재차 감사의 말씀을 드리오, 권창수 의원.

"제게 고마워하실 일은 아닙니다. 대장로님을 구해내어 이곳까지 데려온 사람은 적시운 님과 천마시니까요."

-음.

고개를 끄덕이는 순천자, 마냥 기쁘기만 한 표정은 아닌, 말하기 힘든 무언가에 대해 고심하는 듯한 얼굴이었다.

-조금 전의 대화를 보고 추측하자면…… 사형의 우려가 옳았던 것이오?

"그렇습니다."

-확실한 물증이 나왔소?

"물증보다도 정확한 증언이 나왔다고 해야겠지요."

-그게 무슨……?

권창수는 조심스럽게 말했다.

"북해빙궁주 설천녀에 대해 아십니까?"

-그랬군.

일견 대화의 맥락에서 벗어난 듯한, 그러나 모든 것을 설명해 주는 한마디였다.

-그녀 또한 살아 있었던 것이로군. 그렇다면…… 권 의원께서 그런 말씀을 하신 것도 충분히 이해가 되는구려.

"그게 대체 무슨 말씀이죠, 대장로님?"

순천자는 섣불리 대답하지 못했다. 그의 눈치를 살피던 권창수가 조심스럽게 운을 뗐다.

"말씀하시기 어렵다면 제가 대신……?"

-아니, 괜찮소. 내가 하리다. 배려에는 감사드리오.

정중한, 그러나 단호한 거절.

순천자는 그러고도 한참이 있고서야 겨우 입을 떼었다.

-앞서 권 의원이 했던 질문을 좀 더 노골적으로 바꿔 던져 보마.

"네?"

-만약 적시운이라는 사내를 위해 천마와 싸워야 한다면, 너희는 어떻게 할 것이냐?

"네에?"

이해하지 못하겠다는 얼굴들, 엘레노아는 물론이고 장로들 역시 설명을 요구하는 얼굴로 순천자를 바라봤다.

-제법 많은 시간이 필요하겠군. 모든 것을 설명하려면 말이야.

"그전에 한 가지만 묻겠습니다."

권창수가 황급히 끼어들었다.

"조금 전에 꺼내신 질문. 그에 대한 대장로님의 답변은 무엇입니까?"

-뻔한 질문을 하시는구려. 내 충성의 나침반은 언제나 진짜 천마만을 가리킬 따름이라오.

"그게 누구냐는 게 중요하겠지요."

-하긴 그건 그렇군.

담담히 웃은 순천자가 진지한 태도로 말을 이었다.

-나에게 있어 진정한 천마는, 무림맹의 후신을 멸망시키고 우리 모두에게 광명을 되찾아준 한 분뿐이오.

"당신이 오래전에 충성을 바쳤던 천마가 따로 있더라도 말입니까?"

-그는 우리를 버렸지. 역시나 오래전에……. 그때 이미 우리 간의 주종관계는 끝난 셈이오.

"……."

-나는 버려진 개였소. 풍파에 짓이겨지고 폭풍우에 젖어 비루한 꼴로 남은 채, 미련하게도 돌아오지 않을 주인을 오매불망 기다릴 뿐이었지.

순천자는 단호한 태도로 말했다.

-적시운 님이 오지 않았다면 나는 평생을 무의미한 기다림 속에 살았을 것이오.

어두운 방 안.

적시운은 몇 개의 보옥들을 발치에 두고서 앉아 있었다.

그 각각이 A랭크 이상 가는 마수들의 코어.

고비 사막에서 천마가 실컷 사냥하여 얻은 것들이었다.

[흡수할 거면 얼른얼른 할 것이지. 뭘 그리 쓸데없는 생각만 하고 있는 겐가?]

"효율성을 따져 보는 거야. 쓸데없는 게 아니라."

[흥, 마수 따위야 내일 또 실컷 잡게 될 것을. 내공이 됐든 그 이능력인지 뭔지 하는 장난질이 됐든, 아무 쪽으로나 흡수하면 되잖나.]

"쳇."

적시운은 혀를 차고서 코어들을 주워들었다.

"하여간 초 치는 데엔 도사라니까."

8

[여하간 시작이나 하게. 벌써 해질녘이야. 자네도 얼른 끝내고 좀 쉬어야 할 것 아닌가?]

천마의 말에 적시운은 창가로 고개를 돌렸다. 요 근래엔 보기 힘든 분홍빛의 선명한 황혼이 대지 위로 깔리고 있었다.

그러고 보면 제대로 씻지도 못했다. 고비 사막에서 돌아오자마자 에블린을 상대하고 세실리아, 김은혜와 만난 데다 이곳 대마도까지 쉬지 않고 왔으니. 뒤늦은 피로가 찾아오는 기분이었다. 육체적 피로라기보다는 정신적 피로라고 할 수 있었다.

"그래서 말인데."

[흠?]

"이 코어는 흡수하지 않을 생각이야."

[하면?]

"무기 만드는 데에 쓰려고."

[무기에?]

"응, 운철검도 수라살도 죄다 박살이 나버렸잖아. 쓸 만한 무기가 필요해. 어지간한 충격에도 부서지지 않을."

[한데 그 무기를 만드는 데에 괴물 놈들의 내단이 필요하단 말인가?]

"이오나이트 합금이란 게 있어. 초경화(超硬化) 합금에 이온 물질을 융합시켜 경도와 내구도를 극대화시킨 합금이지."

[흠.]

"이론적으로 강화 가능한 수치는 무한대야. 더 많은 에너지가 주입될수록 금속의 능력치도 상승하는 거지."

[한데 그런 물건을 뚝딱 만들 수 있단 말인가?]

"만드는 것 자체는 어렵지 않아. 이론상으로는 단순한 구조니까. 에너지를 붓는 만큼 강해진다는 식이거든."

[암만 그래도 내일 당장 사용하긴 어려울 듯하네만.]

"이오나이트 무기 자체는 신서울에도 널려 있을 거야. 거기에 코어의 에너지를 주입하기만 하면 되지."

[그럼 꾸물거릴 것 없겠군. 신서울이라 해봤자 자네라면 단번에 갔다 올 거리 아닌가?]

"그래서 당신 의견을 물은 거야."

[그건 또 무슨 소린가?]

"이 코어들, 내가 아닌 당신이 얻은 거잖아. 그러니 사용하려면 당신 의견도 들어봐야……."

[자꾸 멍청한 소리나 할 텐가? 본좌 것이 곧 자네 것이고 자네 것이 곧 본좌 것이거늘.]

천마의 일침에 적시운이 쓴웃음을 지었다.

"요새 자꾸 사람 미안해지게 만드네."

[빚진 것 같다면 저 황제란 놈이나 박살 내게. 그게 곧 본좌에게 빚을 갚는 길이니.]

"그래…… 알겠어."

방을 나온 적시운이 곧장 신서울로 신형을 쏘았다. 해안가를 스쳐 지나며 김은혜와 차수정이 서 있는 것을 힐끔 보았지만 간섭하지는 않기로 했다.

시우보를 전력으로 펼치니 신서울까진 순식간이었다. 적시운은 앞서 권창수가 일러준 대로 마수 토벌군의 행정 본부로 향했다.

"그러니까 이오나이트 웨폰이 필요하다는 말씀이군요."

"예, 가능한 일반적인 형태의 도검으로요."

"아마 동양제 환도나 박도는 없을 겁니다. 서양식 주조법으로 제작한 롱소드는 있을 테지만."

"그거라도 상관없습니다. 동양식 도검이라면 더 좋겠지만."

"일단 병기창에 물어보기는 하겠습니다."

권창수의 명령을 받은 수행원이 한국군 병기고에 메시지를 넣었다.

"짧게 잡아도 30분 정도는 걸릴 듯한데 그동안 쉬고 계시지요."

"그럼 몸 좀 씻어야겠습니다."

권창수의 눈짓에 수행원이 적시운을 안내했다.

"허."

안내받은 곳은 욕조의 크기만 어지간한 방보다 큰 욕실이었다. 어느새 받아놓은 건지 욕조 가득 뜨거운 물이 찰랑이고 있었다. 적시운은 알몸으로 욕조에 몸을 담갔다.

삼화취정의 경지에 이른 몸은 며칠 씻지 않는다고 더러워지거나 하지 않았지만, 그래도 따스한 물에 잠기는 것은 기분 좋은 일이었다.

그사이 수행원은 적시운을 옷을 챙겨 나갔다. 그냥 놓고 가라고 할까 싶었으나 옷가지가 걸레 꼴이었기에 가져가게 두었다.

"후."

적시운은 머리끝까지 물에 담갔다. 그러고 있으니 복잡한 머릿속이 어느 정도는 정돈되는 느낌이었다.

'그날 무슨 일이 있었던 걸까?'

무림맹의 습격이 있었던 날, 적시운과 조우한 타차원의 천마와 달리 이쪽 차원의 천마는 살아남았다. 그리고 긴 세월을 살아남아 대양 너머 북미 제국의 황제가 되었다.

'마수들을 세상에 풀어놓음으로써 말이지.'

천마가 황제로 되는 긴 시간 동안 무슨 일이 있었던 건지 짐작조차 하기 어려웠다.

하기야 타인의 몇 배에 이르는 인생을 영위한 만큼 한마디로 요약하는 게 어려울 만큼의 일들을 겪었으리라. 어쩌면 한 사람의 인격을 송두리째 바꿔 버릴 정도의 일들을……

'이렇게 고민해 봐야 알 수 있을 리 없지.'

적시운은 물 밖으로 얼굴을 내밀었다. 그러고는 나직이 문 쪽을 향해 말했다.

"곧 나갈 거니까 들어오지 마."

끼익.

문틈으로 엘레노아의 얼굴이 쏙 나왔다. 목젖 아래로 새하얀 쇄골이 드러난 걸 보니 벌써 반쯤 벗은 모양이었다.

"부르셨나요, 시운 님?"

"못 들은 척하지 마, 다 들었잖아."

"등 밀어드릴게요."

"굳이 안 그래도 돼."

"이상한 짓 안 할게요, 네?"

"보통 그런 말은 내 쪽에서 해야 하는 것 아냐?"

"근데 안 하시잖아요, 시운 님은."

"그야 그렇지."

"그러니까 제가 대신 하는 거예요."

"……."

뭔가 이상한 논리에 안 그래도 머리가 복잡했던 적시운은 그냥 체념하기로 했다.

무언의 허락을 받은 엘레노아가 생글생글 웃으며 욕실로 들어왔다. 타월로 가리긴 했어도 굴곡진 몸매가 훤히 드러나는 모습, 미묘한 어색함 속에서 적시운은 시선을 돌렸다.

[어차피 자네 기감이면 안 봐도 다 알 수 있으면서 빼기는.]

'시끄러워.'

마음속으로 티격태격하는 동안 첨벙 하는 소리가 났다. 엘레노아가 욕조 물에 몸을 담그는 소리였다.

[잘됐군.]

'아냐.'

천마에게 대꾸하느라 반응이 늦어졌다. 그사이 엘레노아가 먼저 얘기를 꺼냈다.

"대장로님한테 이야기를 들었어요. 제가 제대로 이해한 건 지는 모르겠지만요."

"……."

"그러니까 시운 님과 함께 계신 분은…… 우리 선대들이 모셨던 천마가 아니신 거지요?"

이제 와서 거짓말을 해봤자 무슨 의미가 있을까. 적시운은 두 번 생각하지 않고 고개를 끄덕였다.

"그래, 내 안에 있는 작자는 이세계의 천마야."

"정말로 미국의 황제가 우리 세계의 천마이신 건가요?"

"백 퍼센트 그렇다고 확신하진 못하겠군. 나도 그렇다고만 들었으니까."

엘레노아가 적시운 쪽으로 시선을 올렸다.

"시운 님은 그게 사실이라고 생각하세요?"

"내가 그렇다고 하면 또 맹목적으로 따르려고?"

노골적인 반문에 엘레노아가 당황했다. 그 모습에 적시운도 마음이 흔들렸지만 이내 다잡았다.

"예전에도 말했지만 나는 천마가 아냐. 천마가 되고 싶지도 않고. 무엇보다도 너희들의 맹목적인 추앙 같은 건 조금도 받고 싶지 않아. 멋대로 의지하고 기대하는 거야 너희 마음이지만, 당하는 입장에선 피곤하기만 하니까."

"그쯤은 저희도 알고 있어요."

엘레노아는 도발적인 태도로 고개를 쳐들었다.

흔들리는 수면 너머로 새하얀 나신이 보였다. 반사적으로 시선을 피하려던 적시운은 우뚝 멈추었다. 천마의 말도 있었거니와 괜히 약한 모습을 보였다가 약점이라도 잡힐까 싶었던 까닭이다.

"그래서, 너희 천마신교가 내놓은 답은 뭐지?"

"천마신교는 오직 천마만을 따릅니다. 적시운 님께서 천마의 지위를 거부하시겠다면 더는 적시운 님을 따를 수 없어요."

"꽉 막힌 인간들 같으니."

적시운은 나직이 한숨을 쉬었다.

"그 대답이 의미하는 게 뭔지는 알지?"

황제는 이미 척결해야 할 대상, 그런 자를 따른다는 건 적이 되겠다는 의미나 다름없었다. 내키지 않는 일이더라도 하는 수밖에 없다. 약한 마음으로 내버려 뒀다간 후환이 생길지 모를 일이었다.

"만약 그렇다고 대답한다면 저를 죽이실 건가요?"

"……."

엘레노아의 눈빛엔 흔들림이 없었다. 적시운으로선 가장 피하고 싶었던 상황이었다. 알고 지낸 기간이 그리 길지 않음에도 도저히 살의가 생기질 않았다.

"엘레노아, 너 정말……."

"거짓말이에요."

"뭐?"

"장로들께선 천마신교를 해체하시기로 결정하셨어요."

의외의 말에 적시운이 눈만 깜빡였다. 자세히 보니 엘레노아의 눈에 장난기가 감돌고 있었다.

"놀라셨죠?"

"……."

"저, 조금은 기뻤어요. 시운 님께서 평소와 다르게 단호하게 대답하지 못하시는 게, 저 때문에 갈등하시는 게요."

"……."

이걸 한 대 쥐어박을까 진지하게 고민하는 적시운이었다.

"놀라시게 해서 죄송해요."

"됐으니까 설명이나 해봐."

"장로님들은 시운 님의 생각만큼 그리 꽉 막히신 분은 아니에요. 무엇보다도 대장로님의 의지가 확고하기도 했죠."

"순천자가?"

"네, 그분의 설득에 다른 장로님들도 마음을 정하셨어요. 애초에 대장로님을 제외하면 진짜 천마에 대해 아는 사람은 없기도 하고요."

"너희는 그걸로 괜찮은 거야?"

"솔직히 말씀드리자면……"

엘레노아가 수줍은 미소를 지었다.

"저희에게 있어 진짜 천마는 적시운 님 한 분뿐이세요."

"난 천마가……"

"아니라고 하셔도 좋아요. 저희는 개의치 않으니까요. 저희를 구해주시고 신교를 구원해 주신 분은 오직 적시운 님뿐이세요."

"그런 태도가…… 부담스러운 거라니까."

한숨을 쉬는 적시운의 얼굴 위로 엘레노아의 얼굴이 포개졌다. 욕조 위로 피어오르는 수증기가 두 사람의 실루엣을 완전히 가렸다.

30분 후 욕실 밖으로 나오니 새 옷이 정돈된 채 놓여 있었다. 보아하니 원래 옷과 매우 흡사한 복색을 보니 수행원의 능력이 꽤나 좋구나 싶었다.

응접실로 돌아가니 권창수가 미소를 띠고 있었다.

"목욕은 즐거우셨습니까?"

"……"

놀리는 건가 싶어 미간을 찡그리는 적시운.

그 반응에 권창수는 예기치 못했다는 듯 크게 당황했다.

"뭔가 문제라도 있었습니까?"

"아니, 아무 일도 없었습니다. 그보다 이오나이트 장검은?"

"다행히 괜찮은 물건이 남아 있었습니다."

권창수가 손짓하자 수행원이 상자를 내려놓았다. 패널에 비밀번호를 입력하니 상자가 쪼개지듯 위아래로 열렸다.

전형적인 동양제 환도, 적시운이 가장 바라던 형태의 검이었다.

"운 좋게도 원하시는 종류의 검이 남아 있었더군요. 곧장 이리로 운송해 오게 했습니다. 다만 주입된 이온 에너지는 전무하다시피 한 상태라……."

"그건 괜찮습니다."

적시운은 조금 전의 불쾌감도 잊은 채 이오나이트 장검을 집어 들었다. 그립감도 꽤나 괜찮은 편이었다. 당장 에너지를 주입하고 사용해도 될 것 같았다.

"수고하셨습니다."

"뭐 수고랄 게 있겠습니까? 한데 지금 바로 떠나실 생각이신지……?"

"예, 아마 그래야 할 것 같습니다."

"은여월 님의 말로는 내일 바로 작전에 들어가실 거라던데요."

적시운은 고개를 끄덕였다.

권창수는 쓸데없는 얘기를 꺼내는 대신 격려의 말만을 건넸다.

"건투를 빌겠습니다."

"또 보죠."

적시운이 밖으로 나오니 엘레노아가 기다리고 있었다.

"같이 가도 될까요, 시운 님?"

아니라고 말하려던 적시운이었으나 이내 생각을 바꿨다.

그녀가 들고 있는 PDA를 본 까닭이다.

"그건……?"

"대장로님이세요. 본체는 아니고 화신이라 해야겠지만요."

필시 핵심 저장 장치와 네트워크로 연결되어 있을 터, 어쨌든 순천자와 대화할 수 있다는 것만은 분명했다.

"따라와, 김은혜의 말을 잘 따르도록 하고."

"네!"

9

엘레노아와 함께 대마도로 복귀했을 땐 이미 어두컴컴한 밤이었다.

"오늘은 일단 쉬도록 해."

"네, 시운 님."

방으로 돌아온 적시운은 이오나이트 장검과 코어들을 꺼내 놓았다.

"그럼 어디⋯⋯."

이온 에너지 주입엔 그리 오랜 시간이 걸리지 않았다. 일반적인 이온 충전기를 사용하면 그만이었고, 이온 충전기 자체는 꽤나 흔한 장비였던 까닭이다. 도합 다섯 개의 A급 코어 에너지가 장검 안에 비축되었다.

<u>스스스스.</u>

막대한 양의 에너지를 머금은 검신이 핏빛으로 번들거렸다. 시험 삼아 내공을 주입해 본 적시운은 만족스럽게 고개를 끄덕였다.

"운철검이나 수라살 이상인걸."

내공을 실어보면 알 수 있다. 검신이 어느 정도까지 검강을 버텨낼 수 있는지. 어느 정도까지 주인의 힘을 감당할 수 있는지.

그런 관점에서 봤을 때 이오나이트 장검은 어렵잖게 두 검의 기준치를 넘어서고 있었다.

"하긴 A급 코어를 다섯 개나 때려 박았는데 이쯤은 되어줘야지."

이능력 강화에 썼더라면 최소 더블A 등급으로 랭크 업을 할 수 있었을 수준의 에너지⋯⋯. 적시운이 마지막까지 고민한 것은 기실 이 때문이었다.

[하면 이제 검명(劍名)을 정해야겠구먼.]

"검명? 칼 이름?"

[명검엔 그에 어울리는 이름이 있어야 하는 법일세. 그것이 본좌의 지론이야.]

"그럼 추천 좀 해봐."

[때마침 본좌가 생각해 둔 기똥찬 이름이 있다네.]

"뭔데?

[천하무적지존제일검(天下無敵至尊第一劍)!]

"……."

[실로 놀랍지 않은가?]

"놀랍긴 하네……. 구려서."

[지금 뭐라고 했나?]

"구리다고, 이름이 긴 건 둘째 치고 너무 구닥다리잖아."

천마가 두 눈에 쌍심지를 켜는 게 느껴졌다.

[흥, 진정한 미학이 뭔지를 모르는군. 그러는 자네는 뭐 괜찮은 이름이라도 생각해 뒀나?]

"이름 따위야 아무렇게나 부르면 그만이지."

[검수의 미학은 검명에서 나오는 걸세!]

귀찮아진 적시운이 대강 생각하고서 말했다.

"그럼 탐랑(貪狼)이라고 부르지, 뭐."

[탐랑?]

"그래, 에너지 먹어대는 거랑 딱 어울리는 이름이잖아."

[흐음…… 하긴, 자고로 탐랑성은 천상의 중심이자 군왕의 운명을 주관하는 별이기도 했지.]

"딱히 그런 걸 생각하고 지은 건 아닌데."

어쨌든 천마도 싫지는 않은 눈치였다. 해야 할 일은 다 마쳤기에 적시운은 더 지체하지 않고서 숙면을 취하기로 했다.

이튿날 오전, 마엘스트롬 공략에 참가할 인원이 소집되었다.

"은여월 쪽 사람이 온 다음에 출발할 테니 잠시 대기하고 있자고."

적시운이 파티원들을 슥 돌아봤다.

"공략법은 다들 숙지하고 있지?"

"숙지해야 할 게 있기는 하고?"

농담조로 반문하는 헨리에타, 그녀 역시 적시운 곁에서 산전수전을 다 겪었던 만큼 이번이라 하여 특별히 긴장하진 않은 모습이었다.

"하긴 뭐 고생은 나 혼자 할 텐데……. 너희는 굿이나 보고 떡이나 먹으면 되겠지."

"굿은 뭐고 떡은 또 뭐람?"

"굿은 한국식 샤머니즘 강령 의식을 뜻한다. 떡은 곡류를 찌어 만든 요리다. 한국에선 주로 쌀을 이용하지."

그렉의 설명에 헨리에타가 살짝 질린 표정을 지었다.

"밀리아의 심정을 조금은 알 것 같아."

"……?"

차수정은 조금 부러운 눈으로 두 사람을 쳐다봤다. 그런 그녀를 지켜보던 김은혜가 넌지시 물었다.

"긴장되나요?"

"네?"

"몸이 경직되어 있군요."

"아."

차수정은 쓴웃음을 지었다.

"아무래도 성격상 저 두 사람처럼 마음을 편히 먹기가 힘들더라고요."

"적당한 긴장은 정신 집중에 도움이 되죠. 너무 안 좋게 생각할 것 없어요."

"그럴까요?"

차수정의 시선이 김은혜의 뒤편으로 향했다.

슬그머니 다가온 엘레노아가 말 걸 기회를 보고 있었다.

"말씀하세요."

차수정의 한마디에 엘레노아가 움찔했다.

"아, 네. 저……."

김은혜가 몸을 돌렸다.

안 그래도 긴장한 엘레노아의 얼굴이 한층 빨개졌다.

"처, 처음 뵙겠습니다. 천마신교의 이제는 없어지긴 했지만……. 음, 호법당주 엘레노아라고 합니다."

"반가워요, 김은혜라고 불러주세요."

황송하다는 태도로 고개를 숙인 엘레노아가 PDA를 꺼내 보였다. 자그만 액정 화면 위로 큼직한 개의 사진이 떠올랐다.

-오랜만입니다, 북해빙궁주.

"순천자 님이시군요. 못 본 사이에 종족까지 바뀌신 건가요?"

-이 사진 말씀이군요. 이건 엘레노아가 좋아하는 견종입니다. 이 PDA 자체가 그 아이의 물건이라서요.

"죄송해요, 대장로님."

-네가 사과할 일이 아니다. 어쨌든 이렇게라도 다시 뵙게 되어 감회가 남다르군요.

김은혜가 쓴웃음을 지었다.

"그러게요. 다시 만나기까지 이렇게나 긴 시간이 흐르게 될지는 몰랐는데 말이죠."

-동감입니다.

두 사람이 두런두런 대화하는 사이 은여월이 홀로 도착했다. 전투원은커녕 간단한 수행원조차 대동하지 않은 모습이었다. 어느 정도 예상한 바였기에 적시운은 무덤덤했다.

"준비는 끝난 건가?"

"왜 혼자 온 건지 물어보지 않으시나요?"

"응, 혼자 올 거라고 생각했거든."

은여월은 쓸쓸히 웃었다. 낡은 폐교에다 본부를 둔 것만 봐도 알 수 있는 일이었지만, 일본 측에는 이런 대규모 작전에 투입할 만한 병력이 없었다.

"일반 병력이야 얼마든지 동원 가능할 테지만 별 의미는 없겠죠. 마엘스트롬에서 튀어나올 것으로 추정되는 마수들에게 대항이나마 할 수 있는 건 저를 비롯해 10명도 채 되지 않아요. 탄도 미사일 같은 재래식 병기는 동원할 수 있겠지만."

"됐어, 어차피 놈들에겐 먹히지도 않을 거야."

"역시 그럴 거라 생각했어요. 부끄러운 일이지만 저라도 최선을 다하겠습니다."

"부끄럽다고 생각할 필요는 없다고 보는데, 어쨌든 다 모였으니 출발하지."

일행은 곧장 대마도를 떠나 동쪽으로 향했다. 나머지가 적당한 속도로 뒤따르는 가운데 적시운은 시우보를 펼쳐 먼저 센다이 마엘스트롬으로 향했다.

쿠구구구.

일련의 마수 무리가 동쪽 하늘을 가득 채우며 나타났다. 마치 예측이라도 하고 있었다는 듯한 반응이었다. 서부 태평양에 서식하는 마수들이 한데 모인 듯했다.

마수들의 수뇌부가 인간 뺨치는 지성을 갖췄다는 가설을

뒷받침해 주는 광경이었다.

스르릉.

적시운은 탐랑을 뽑아 들었다. 안 그래도 핏빛으로 번들거리는 탐랑이 수라강기를 빨아들여 기괴한 광채를 뿜어냈다.

[시작이로군.]

파앙!

천마의 목소리를 신호삼아 적시운이 허공을 박찼다.

캬아악! 케에에엑!

갖가지 부류의 비행형 마수들이 토하는 괴성과 포효가 허공을 흔들었다. 자신을 목표 삼아 쇄도하는 마수들을 향해, 적시운은 거리낌 없이 검격을 펼쳤다.

같은 시각.

센다이 마엘스트롬으로부터 족히 수천 ㎞는 떨어져 있는 북미 제국의 수도 라자루시안에 아킬레스가 와 있었다.

황성 임페리얼 캐슬, 그 회의실 중 하나.

아킬레스는 초조한 기색을 애써 감추고서 자리에 앉아 있었다.

"……."

갑작스러운 호출이었다. 펜타그레이드 전원을 불러들이는 황제의 명령.

다른 이라면 몰라도 텔레포터인 아킬레스가 꾸물거릴 순 없는 노릇이었고, 그는 명령을 받은 어제 곧바로 황성에 당도했다.

그리고 오늘 나머지 펜타그레이드들도 속속들이 황성에 도착했다. 이윽고 그들 모두에게 이곳으로 모이라는 명령이 전달됐다.

그리하여 모여 있는 이는 모두 셋, 에블린과 펠드로스를 제외한 펜타그레이드 전원이 참석한 상태였다.

"……."

아킬레스는 나머지 두 명의 펜타그레이드를 돌아봤다.

'드라칸, 그리고 아몬인가.'

두 사람 모두 S랭크의 능력자. 범인의 관점에선 충분히 초월자라 불리기에 손색이 없는 이들이었다.

드라칸은 육체 강화 능력자, 비교적 평범한 이능력을 지닌 축이었으나, 그 랭크가 S급에 이르면 단순한 능력이라 해도 우습게 볼 수가 없었다.

반면 아몬은 비교적 희소성이 강한 편인 초진동 능력자(Waver). 진동 주파수를 극대화함으로써 얇은 종잇장도 무엇이든 베어내는 칼날로 만들 수 있었다.

이 두 사람과 함께 하는 것은 아킬레스로서도 실로 오랜만이었다. 애초에 펜타그레이드가 한자리에 모인 것 자체가 창설식 이래 처음이었다.

'아니, 아직은 아니로군. 에블린과 펠드로스가 도착하지 않았으니.'

"죄송합니다. 귀한 분들을 기다리게 만들었군요."

호랑이도 제 말 하면 온다던가. 타이밍 좋게 펠드로스가 회의실로 들어섰다.

굳게 침묵하던 세 사람의 시선이 대번에 집중됐다.

"모두 모였으니 바로 본론으로 들어가야겠군요."

"아직 전부 모인 게 아닐 텐데?"

아몬이 쏘아붙이듯 반문했다. 펜타그레이드 중 유일한 동양계이자 에블린을 제외하면 가장 왜소한 체형.

그러나 그런 아몬을 우습게 보는 이는 아무도 없었다.

"의도적으로 그녀를 무시하는 게 아니라면."

벽에 등지고 서 있던 드라칸이 말했다.

아몬의 대치점에 있는 듯한 그는 아킬레스마저 넘어서는 무지막지한 체구의 소유자였다.

"필시 그녀에게 무슨 일이 생긴 모양이로군."

"안 그래도 설명하려 했는데 말이지요."

펠드로스가 빙긋 웃었다.

"아마 에블린의 영령 역시 이 자리에 와 있지 않을까 싶습니다. 어쨌든 그녀의 복수를 해줄 사람은 우리밖에 없지 않겠습니까?"

세 펜타그레이드의 눈이 경악으로 물들었다.

"다크 레이븐이 살해당했다는 건가?"

"그렇습니다, 드라칸 님."

"대체 어떤 놈이?"

"그 질문에 대한 답은 아킬레스 님께서 알고 계실 겁니다, 아몬 님."

두 펜타그레이드의 고개가 홱 돌아갔다. 대강 이해를 한 아킬레스는 내심 쓴웃음을 지었다.

"아, 물론 아킬레스 님이 그녀를 살해했다는 뜻은 아닙니다. 아실지 모르겠지만 그녀가 목숨을 잃은 장소는 이곳 북미 제국이 아닌……"

"대양 너머의 나라, 아마도 한국일 테니까."

아킬레스가 말을 받았다. 두 사람의 눈에 이채가 스치는 가운데 펠드로스가 고개를 끄덕였다.

"정확합니다."

"탈주자들…… 김은혜 일족을 추격하던 도중에 살해당한 건가?"

"그렇습니다, 아킬레스 님. 물론 아킬레스 님께선 누구의 소행인지 알고 계시겠지요?"

"적시운이로군."

"정답입니다, 아킬레스 님께서 직접 바다 너머로 데려다준 인물이지요."

아몬과 드라칸의 눈에 의혹이 스쳤다. 반면 아킬레스는 당당한 태도로 팔짱을 꼈다.

"그 친구라면 내 도움이 없었어도 능히 집으로 돌아갈 수 있었다. 폐하의 칙명을 어긴 처벌은 이미 받았고."

"아, 그 점엔 이의가 없습니다. 애초에 그때 일로 아킬레스 님을 비난할 생각도 없고요."

"고맙군, 그럼 이제 폐하께서 왜 우리를 불러 모았는지나 얘기해 주겠나?"

"뭐, 굳이 말씀드리지 않아도 알고 계시지 않습니까?"

빙긋 웃는 펠드로스의 눈에 살기가 스쳤다.

"이것이야말로 제국에 대한 명백한 선전포고라는 것을요."

10

제국에 대한 선전 포고.

그 점에 대해선 드라칸과 아몬, 심지어 아킬레스까지도 이견이 없었다.

'실수했군, 적시운.'

아킬레스는 그렇게 생각했다. 최소한 그가 보기에 에블린을 죽여선 절대 안 됐다. 어떻게든 그녀를 살려서 협상용 인질로라도 써먹었어야 했다. 그가 보기엔 그것이 한국과 적시운에게 있어 그나마 제일 긍정적인 시나리오였다.

하지만 에블린은 죽었다. 고의가 되었든 예기치 못하게 죽인 것이든 적시운이 낭패에 빠진 것은 분명해 보였다.

'그녀를 죽이지 않고 제압할 방법이 없었단 말인가?'

S랭크 이능력자의 능력 억압은 극도로 어렵긴 하나 불가능하지만은 않다. 실제로 에블린은 힘을 봉인 당한 채 에메랄드 시타델의 특수 감옥에 구금된 적도 있었다.

한국은 그 정도 기술력을 보유하지 못한 것인지도 모른다. 그렇기에 적시운으로서도 어쩔 수 없이 그녀를 죽여야만 했던 것인지도…….

"그녀의 사망 소식을 알았다는 건 전투 기록이 남았다는 뜻이군."

"예, 클라우드 서버 블랙박스에 고스란히 남았지요."

아몬의 질문에 대꾸하는 펠드로스, 세 펜타그레이드의 눈빛이 번뜩였다.

"확인하고 싶은데."

"그건 좀 곤란합니다."

"그게 무슨 뜻이지? 우리 펜타그레이드에게 곤란할 것이 도

대체……."

"황제 폐하의 명령이거든요."

"……."

반사적으로 입을 다문 아몬이 눈살을 찌푸렸다.

"대체 폐하께선 왜? 네게만 직접적으로 명령을 내리시는 거지?"

"그야 제가 폐하의 이쁨을 받기 때문이지 않겠습니까? 아니 꼬우시면 평소에 잘 좀 하지 그러셨어요."

"빌어먹을 알비노."

"그거 인종차별 발언인 거 아시죠? 동양계 분께서 그러시니 좀 황당하네요."

"동양계가 뭐 어쨌다는 거지?"

"그거야 인종차별을 하시는 분께서 더 잘 아시겠죠."

"이런 빌어먹을 새끼가!"

서걱!

아몬이 손을 뻗은 순간 회의실의 벽 한쪽이 쩍 갈라져 나갔다. 초고주파수의 진동파를 날려 그대로 베어버린 것이었다.

그러나 배경의 벽이 송두리째 잘려 나갔음에도 펠드로스는 멀쩡했다. 그 또한 동격인 펜타그레이드였던 것이다.

"훗."

"하, 웃어? 알비노 새끼가 오늘 정말 죽으려고 작정을 했군."

"그만!"

드라칸이 소리쳤다. 물론 그 정도 일갈에 멈출 아몬이 아니었다.

"네놈이 그만하라면 내가 그만해야 하나? 하얀 놈과 검은 놈이 오늘 아주 쌍으로 작당을 했군."

"그만하게, 아몬!"

"노인네는 빠지시지, 아킬레스 나리? 막말로 일이 이따위로 꼬인 건 전부 당신 때문 아니야?"

아몬의 일침에 아킬레스의 표정이 딱딱하게 굳었다. 그러나 그는 화를 내는 대신 정중하게 고개를 숙였다.

"자네 말이 옳아, 내 책임이 크다는 것을 통감하고 있네. 원한다면 몇 번이고 사죄함세."

"쳇, 관두쇼. 늙은이 사과를 받아봤자 뭐에 쓴다고."

아몬이 기운을 거뒀다. 아킬레스 때문이라기보다는 뒤늦게 냉정을 되찾았기 때문이었다.

아무리 펜타그레이드라 해도 황제가 거주하는 황성 내에서 말썽을 일으켜선 곤란하다. 게다가 이대로 싸운다면 대략 1:3의 구도가 만들어질 터. 더군다나 저 셋은 자신과 동격의 존재였다. 그렇다 보니 아무리 무서울 것 없는 아몬이라고 해도 껄끄러울 수밖에 없었다.

"그럼 얘기라도 지껄여 봐. 대체 어쩌다가 에블린이 당한 거지?"

아몬은 팔짱을 꼈다. 펠드로스가 빙긋 웃는 사이 뒤쪽의 벽이 우수수 무너져 내렸다.

"좀만 더 오버했으면 건물 전체가 붕괴됐을 겁니다."

"그걸 알아서 힘 조절을 한 거다."

"아, 예. 물론 그러시겠죠."

"잡담은 그만. 아몬의 질문에나 대답해라."

암석 같은 드라칸의 얼굴 위로 불쾌감이 드러났다.

"우리도 궁금하긴 마찬가지니까."

"아, 예. 좋습니다. 아시다시피 에블린은 추격 임무에 자원하여 대양을 횡단했습니다. 코드네임 퀸 비(Queen Bee), 김은혜의 그 추종 세력을 소탕하기 위함이었지요."

아킬레스는 반사적으로 움찔했다. 코드네임이라니. 그로서는 전혀 알지 못했던 사실이었던 까닭이다.

아몬과 드라칸도 아는 게 없는 눈치였으나 그들은 코드네임 따위엔 관심을 두지 않는 듯했다.

"김은혜의 일파는 대양을 횡단하는 데 성공한 것으로 보입니다. 에블린과 추격대 또한 그 뒤를 바싹 쫓아 마침내 대한민국이라 불리는 국가에 상륙했습니다."

드라칸의 미간이 꿈틀댔다.

"대양 너머에도 문명국이 남아 있었다는 건가?"

"멍청한 척하는 거냐, 정말 멍청한 거냐? 이 나라가 대전쟁에서 살아남은 유일무이한 국가라는 거짓말을 믿었다는 건 아닐 텐데?"

아몬이 쏘아붙이자 드라칸이 낯을 찌푸렸다. 하지만 뭐라 반박하거나 싸우려 들지는 않았다.

"뭐, 그 얘기에 반대하고 싶진 않지만 공식석상에선 자제해 주셨으면 합니다. 이러니저러니 해도 이 나라는 공식적으로 유일한 생존국이니까요."

"아, 물론 그래야지. 황제 폐하 말씀이시니."

"비꼬는 것도 너무 즐기시면 곤란합니다."

"흥."

아몬과 냉소를 주고받은 펠드로스가 설명으로 돌아왔다.

"뭐, 나머지는 별것 없습니다. 요점만 말하자면 한국 측의 요격에 추격대는 전멸했습니다. 에블린도 그 과정에서 전사했고요."

"그러니까 그 과정을 상세히 말하라는 거잖아! 추격대도 병신은 아니고 에블린 그년도 머저리가 아닌데 어떻게 바다 건너 찌꺼기들에게 당할 수가 있냐고!"

"결론은 하나뿐이네."

아킬레스가 담담한 어조로 말을 받았다.

"그들과 적시운이 찌꺼기 따위가 아니라는 거지."

"하……. 이제는 아주 놈을 편드는군? 이보쇼, 아킬레스 경. 암만 펜타그레이드라지만 너무 노골적인 것 아니오?"

"편드는 게 아니네. 자네처럼 그들의 실력을 얕잡아 보는 게 아닐 뿐."

"추격대 병력 구성은 어떠했지?"

드라칸이 큰 목소리로 질문했다. 꽤나 중요한 질문이었기에 아몬과 아킬레스도 입을 다물었다.

"흠. 뭐, 좋습니다. 숨겨봐야 좋을 게 없으니 사실대로 말하죠. 추격대 인원은 총 212명. 전원 미노타우르스 레벨의 강화 인간이었습니다."

"……!"

세 사람의 낯빛이 거무죽죽해졌다.

크로노이드(Chronoid)라고도 불리는 강화 인간은 제국 생체 과학 기술의 결정체였다. 기나긴 연구를 통해 이루어낸 마수와 인간의 융합, 제국 과학청은 오랜 개량을 통해 마수화된 인간, 이른바 강화 인간의 양산 체제를 갖추는 데 성공했다.

그중 미노타우르스 레벨은 상위 두 번째에 이르는 개체. 단순 비교는 어렵지만 대체로 트리플 B랭크 이능력자에 준하는 전력을 지니고 있었다.

그런 병력이 물경 200, 거기에 에블린까지 가세한다면 다른 펜타그레이드로서도 승리를 장담할 수 없을 터였다.

충격 어린 침묵 속에서 아킬레스가 힘겹게 입을 열었다.

"에블린이 에이스 오브 스페이드를 사용했는가?"

"예, 추격대 전원을 강화했지요. 거기에 네 명의 에이스까지 동원했고 말입니다."

"적 병력 규모는?"

"그것은 말씀드릴 수 없습니다."

"지금 장난하자는 건가, 펠드로스?"

"장난이 아니라는 건 아킬레스 경께서 더 잘 아실 텐데요? 제가 말씀드리지 못하는 건 그것이 폐하의 명령이었기 때문입니다."

"좋아, 그럼 달리 질문하지. 적시운, 그 친구가 요격 병력에 속해 있었나?"

펠드로스의 입매가 미묘하게 비틀렸다. 환희와 고통이 공존하는 듯한 모양새였다.

"물론이지요."

콰과과과광!

하늘 한복판으로 길쭉하게 이어지는 폭염의 줄기.

사방으로 날뛰는 시커먼 불꽃이 마수들을 무자비하게 찢어

발겼다.

양 떼 한가운데로 뛰어든 성난 늑대처럼, 적시운은 미친 듯이 날뛰며 마수들을 도륙했다.

한 방, 한 방의 검격이 절초와 같은 위력이었다. 운 좋게 검강의 폭풍을 벗어나 살아남은 마수들에겐 어김없이 염동력의 회오리가 짓쳐 들었다.

쿠구구구!

검에 베이거나 검강에 찢기거나 염동력에 짓이겨진다.

온갖 종류의 비행형 마수들이 전장에 모여 있었으나, 적시운이 지나가고 난 자리엔 저 세 가지의 선택지만이 존재할 따름이었다.

"말도 안 돼……!"

은여월은 믿기지 않는 얼굴로 상공을 올려다봤다.

홀로 날뛰며 마수들을 유린하는 저 존재를 어느 누가 A랭크 이능력자라고 생각할까.

센다이 사태 때 몰살당한 S랭크 능력자들이 살아 돌아오더라도 저 정도의 위력은 펼치지 못할 듯했다.

"시운 선배, 더 강해지신 것 같지 않아요?"

"확실히…… 천마가 육체를 차지하던 때랑 비교하면 어떤 것 같아?"

"느낌상 그런 것뿐인지는 몰라도 지금이 근소하게나마 우위에 있는 것 같아요."

질린 얼굴로 대화를 이어가는 차수정과 헨리에타, 엘레노아 역시 적시운에게서 눈을 떼지 못하고 있었다.

"전장의 시운 님은…… 이런 분이시군요."

천무맹과의 전투 당시엔 오히려 적시운의 실력을 제대로 확인하지 못했었다. 워낙 상황이 혼란스러운 데다 본인의 몸을 건사하는 것조차 버거웠던 까닭이다.

지금은 한 발 뒤에서 객관적으로 바라보게 되었기에 알 수 있었다. 적시운과 자신들의 역량의 차이가 어느 정도인지. 전투를 혼자 도맡겠다던 적시운의 말은 허풍이나 허세 따위가 결코 아니었다.

'그렇다면……'

엘레노아는 조심스레 김은혜 쪽으로 시선을 옮겼다.

순천자를 제외한다면 전성기의 천마를 경험해 본 유일한 사람. 순천자가 PDA의 기능 한계로 정확한 전력 분석이 불가능한 데 반해 그녀는 비교적 명확한 판단이 가능할 터였다.

"그 이상이에요."

김은혜의 짤막한 한마디, 속내를 읽힌 듯한 기분에 엘레노아가 움찔했다.

"아, 그게……"

"슬슬 우리도 움직이도록 하죠. 마엘스트롬은 이제 지척이에요."

일행이 경공을 펼쳐 전진하기 시작했다. 무공을 펼치지 못
하는 김은혜는 그렉에게 업혀 있었다. 일행은 적당한 고도를
유지한 채 마엘스트롬을 향해 나아갔다.

스스스.

자욱이 깔리는 안개가 일행을 맞았다.

그 와중에도 등 뒤의 허공에선 전투의 뇌성이 간헐적으로
울리고 있었다.

"멈춤 없이 요동치는 소용돌이 때문에, 마엘스트롬 근역엔
안개가 항상 깔려 있어요."

"그럼 흩어내야겠네요."

은여월의 설명에 차수정이 나섰다.

안개란 본디 수증기가 응결함으로써 생기는 현상. 본질적으
로 온도 조절 능력을 보유한 냉기술사인 그녀라면 얼마든지
해제하는 게 가능했다.

스스스스.

안개가 흩어지자 마엘스트롬의 선명한 풍광이 나타났다.

쿠구구구!

풍광이 보이니 세찬 물소리가 한층 명확하게 들려오는 듯했
다.

족히 수 ㎞는 떨어져 있음에도 시야 가득 들어오는 거대한

소용돌이. 센다이 마엘스트롬은 그 자체로 살아 있는 거대 마수처럼 보였다. 장엄하기까지 한 풍광에 모두가 압도당해 있을 때, 김은혜가 넌지시 입을 열었다.

"확인할 수 있겠나요, 헨리에타 양?"

"네?"

"물살 사이로 번쩍거리는 빛살이 있을 거예요. 자연광이 아닌 인위적인 색채를 띤 광점 말이에요."

헨리에타는 가우스 라이플의 스코프 너머로 소용돌이를 응시했다. 이윽고 그녀의 눈이 이채를 발했다.

"찾은 것 같아요."

11

쏴아아아아.

반시계 방향으로 회전하는 물살의 틈새로 미세하게 다른 유속으로 회전하는 빛줄기가 있었다.

거리도 상당한 데다 워낙 물살이 거센 탓에 육안으로 확인하기가 불가능에 가까웠다. 그럼에도 헨리에타는 가까스로 알아볼 수가 있었다.

"소용돌이 안쪽에 반짝이는 무언가가 있어요."

"차원 게이트를 구성하는 술진이에요."

김은혜의 설명에 모두가 집중했다.

"정확히는 그 일부분이라 해야겠군요. 아마 술진의 규모는 메일스트롬과 거의 비슷할 것으로 보여요."

"크기에 따른 차이가 있나요?"

"클수록 보다 많은, 그리고 강력한 마수를 불러들일 수 있죠. 술진의 규모는 곧 에너지량과 정비례하니까요."

"그렇다는 건……"

"마엘스트롬의 물살을 보건대 후자일 가능성이 크죠."

차수정은 자기도 모르게 마른침을 삼켰다. 저 정도의 물살이라면 최첨단 순양함조차 단숨에 휘감아서 분질러 버리고도 남았다. 과학기술의 집약체조차 그러할진대 생명체는 말할 것도 없는 일이었다.

어지간한 마수는 게이트를 넘어오자마자 물살에 휩쓸려 비명횡사할 터, 그렇다는 건 소용돌이를 견딜 만한 놈들이 넘어오리라는 뜻이었다.

"게이트는 어느 정도 구축된 거지?"

그렉의 질문에 김은혜는 헨리에타를 돌아봤다.

"광점의 색체와 속도를 알 수 있겠나요, 헨리에타 양?"

"속도는 잘 모르겠어요. 워낙 물살이 거세서…… 다만 색깔은 알 것 같아요. 붉은색, 아니, 거의 분홍색에 가까운 엷은 적색이에요."

"사나흘만 늦었어도 손쓸 도리가 없었겠군요."

"어쨌든 최악의 상황은 아니라는 거네요?"

"그렇게도 볼 수 있겠군요."

일행은 빠르게 시선을 교환했다.

헨리에타가 가우스 라이플을 견착한 채 말했다.

"어떻게 해야 저걸 깨부술 수 있죠?"

"술진을 구성하는 매개체가 있을 거예요. 어느 둔갑진을 기반으로 술진을 구성했느냐가 문제이긴 한데……."

"둔갑진이라고요?"

"네, 오방진(五方陣), 팔문금찬진(八門金鑽陣), 구궁팔괘진(九宮八掛陣)……. 어느 진형을 기반으로 술진이 구축됐느냐에 따라 매개체의 종류도 달라지거든요."

익숙하지 않은 지식 앞에서 일행은 침묵했다.

다만 나머지가 그러려니 하는 수준인데 반해, 그렉은 김은혜의 설명이 암시하는 부분까지 꿰뚫어 보았다.

"그 말대로라면, 차원 게이트는 이쪽에서 먼저 열어젖혔다는 말이군. 이차원의 존재들이 연 것이 아니라."

"그래요."

김은혜는 씁쓸히 고개를 끄덕였다.

"그들이 우리 세계로 쳐들어온 게 아니라, 우리가 그들을 이 세계로 끌어들인 거예요."

"그것을 주도한 게 황제와 당신이고?"

"네…… 변명하진 않겠어요."

"지구상의 인구가 50%가량 격감하게 된 데에 당신 탓도 있다는 말이군."

"잠깐, 그렉. 그렇게까지 말할 건……."

"아뇨, 헨리에타 양. 그렉 군의 말이 옳아요. 저는 이 세계의 모든 이들에게 씻을 수 없는 죄를 지었습니다."

김은혜는 담담한, 그러나 무심하지는 않은 어조로 말했다.

"저를 비난하더라도 달게 받겠습니다."

-우선은.

순천자의 기계 음성이 조심스레 끼어들었다.

-차원 게이트부터 처리하는 것이 순리인 것 같군요. 비난이 되었든 다른 무엇이 되었든, 그 이후에 하는 것이 나을 것입니다.

그 말에 반대하는 사람은 없었다. 일행은 반경만 5㎞에 이르는 소용돌이로 시선을 돌렸다.

"우선 무엇부터 해야 할지 말씀해 주세요."

"술진의 매개체는 해저에 있을 겁니다. 거센 물살에도 무사한 걸로 봐선 밑바닥에 깔려있을 테고, 질량과 내구도가 무척 높은 물체일 가능성이 높아요."

"수중전을 벌여야 한다는 거군요."

"수정 양이 없었다면 그래야 했겠죠."

모두의 시선이 차수정에게 집중됐다. 김은혜의 말뜻을 알아챈 차수정이 입을 열었다.

"소용돌이를 얼려야 한다는 거죠?"

"그렇습니다."

"해보기는 하겠지만…… 솔직히 말해 자신은 없어요. 잔잔한 바다라면 모를까 저렇게 맹렬히 몰아치는 소용돌이를 얼릴 수 있을지……."

"수정 양이라면 가능해요."

두 여인의 시선이 허공에서 맞닿았다.

"A랭크 냉기술사인 동시에 설하유운공을 대성한 수정 양이라면요."

"그 말씀에 토를 달려는 건 아니지만, 저는 아직 대성이라 할 만큼 깊이 깨우치지 못했어요."

"그렇기에 제가 도우려는 거예요."

어젯밤 나눴던 대화를 상기한 차수정의 얼굴에 자신감이 깃들었다.

"그렇게 말씀하신다면, 해보죠."

"그동안 우리는 뭘 하면 되지?"

"대부분의 마수는 시운 님이 처리하고 계시지만, 그렇지 않은 것들도 있을 거예요."

푸드드득!

김은혜의 말이 끝나기가 무섭게 오염된 그리핀(Griffin) 무리가 날아들었다. 그 방향으로 헨리에타가 방아쇠를 당겼다.

자기력에 의해 가속된 가우스 라이플 총탄이 광포한 뇌성을 쏟으며 토해졌다. 단번에 두개골을 관통당한 그리핀이 팽이처럼 회전하며 곤두박질쳤다. 족히 3m에 달하는 시체는 소용돌이에 삼켜져선 흔적도 없이 사라졌다.

"그럼 계획은 대강 정해진 셈이군."

소총을 꺼내 든 그렉이 말했다.

"시작해, 엄호하겠다."

"알겠어요."

깊게 심호흡을 한 차수정이 내공을 끌어올렸다.

그렉이 바로 옆으로 접근했다. 그에게 업혀 있던 김은혜가 차수정의 어깨에 손을 얹었다.

"마음을 편하게 가지세요. 주변 일은 동료들에게 맡기고 수정 양은 내기를 다스리는 데에만 집중하면 돼요."

"알겠어요."

"지금처럼 공력의 순환을 유지하고서 이능력을 끌어올리세요."

우우우웅.

이능력의 근원지인 차크라(Chakra)로부터 생체 에너지가 솟아났다. 비슷한 것 같으면서도 서로 다른 두 기운이 차수정의 몸속에서 순차적으로 순환했다.

"서로 다른 두 기운이 절묘하게 합을 이루는 지점이 있을 거예요. 그 지점을 찾아내는 것이 우선이에요."

차수정은 눈을 감고 집중했다. 하지만 김은혜의 말이 의미하는 것이 무엇인지 도통 감이 잡히질 않았다.

그사이 외부에선 전투가 지속되고 있었다.

적시운이 소탕 중인 무리를 제외하고도 엄청난 수의 마수가 몰려들었던 까닭이다. 전황은 아슬아슬했다.

헨리에타가 신기에 가까운 사격술로 마탄을 뿌려대고 있었지만 사방팔방에서 모여드는 마수의 숫자가 너무 많았다.

그나마 다행인 점은 은여월이 A랭크 염동술사라는 것이었다. 이능력의 위력만 보자면 적시운에 비해 크게 뒤떨어질 게 없는 그녀였다. 덕분에 지척까지 접근한 마수들도 염동력 배리어를 뚫지 못하고 나가떨어졌다.

그러나 숫자가 너무 많았다. 그야말로 가까스로 버티고 있는 형국, 그런 탓에 차수정도 초조해질 수밖에 없었다.

"마음을 차분히, 여유를 가지세요."

"하지만……."

"쉽지 않은 일이라는 건 알아요. 하지만 수정 양이라면 충분히 해낼 수 있습니다."

김은혜의 음성엔 사람의 마음을 진정시키는 힘이 있었다. 초조함에 식은땀을 흘리던 차수정은 차츰 머릿속이 맑아짐을 느꼈다.

"서로 다른 두 멜로디의 화음을 맞춘다고 생각하세요. 차분히 집중하면 두 힘이 조화를 이루는 지점을 발견할 수 있을 거예요."

차수정은 주변 상황을 잊고서 김은혜의 음성에만 몰두했다. 이윽고 그녀의 눈이 절로 떠졌다.

"찾아낸 것 같아요. 말씀하시는 게 무언지 알 것 같아요."

김은혜는 정말이냐고 묻지 않았다. 그저 대견스러운 눈길로 차수정을 바라볼 뿐이었다. 그런 신뢰 어린 시선이 차수정의 자신감을 한층 강하게 만들었다.

차수정은 양손을 내밀었다. 이능력을 통해 펼쳐진 냉기가 왼손에서, 설하유운공에서 파생된 냉기가 오른손에서 흘러나왔다.

"반대로 해볼게요."

우우우웅.

조금 전과 반대로 힘이 발현됐다. 이능력은 오른손에서, 내공은 왼손에서 어른거렸다.

"이번엔 합쳐 볼게요."

우우우우웅!

차수정이 두 손을 그러모은 순간 몇 배로 증폭된 냉기가 손가락 사이로 뿜어져 나왔다.

내공과 이능력의 융화, 그로부터 상승 작용이 발현되어 단순한 합이 아닌 몇 배에 이르는 힘을 이루었다.

"지금 바로 얼릴까요?"

충만한 자신감 속에서 묻는 차수정. 대답은 김은혜가 아닌 등 뒤에서 들려왔다.

"신호를 줄 테니 그때 해."

적시운이었다.

앞서 덤벼든 마수들을 그새 처리하고서 합류하러 온 것이었다. 빠르게 지나쳐 가는데도 일행에겐 산들바람 같은 미풍만이 스칠 따름이었다. 반면 그보다 멀리 떨어져 있는 마수들에겐 맹렬한 폭풍이 불어닥쳤다.

콰과과과!

접근해 있던 마수들이 돌풍에 휘말려 흩어지고 밀려났다. 그 틈을 놓치지 않은 헨리에타의 총탄들이 마수들의 몸뚱이를 꿰뚫고 헤집었다.

방향을 바꾼 적시운이 소용돌이의 눈을 향해 수직으로 강하했다. 이미 크라켄을 상대할 때 한 번 써먹었던 수법이었다. 강력한 일격으로 물을 흩어내고는 얼려서 공간을 만들겠다는 계산이었다.

그렇게만 된다면 단번에 상황이 종결될 터, 하지만 마수들도 쉽게 당하고 있지만은 않았다.

촤아아악!

마엘스트롬의 중심으로부터 무언가가 솟구쳐 올랐다. 쏜살처럼 치솟은 그것은 적시운에 필적하는 스피드로 쇄도해서는 충돌했다.

쾅!

소용돌이 위로 거대한 폭발이 일어났다. 충격파로 인해 소용돌이의 유속이 느려질 정도.

서로 반대 방향으로 떨어져 나온 두 신형이 상공에서 대치했다.

"악마?"

미간을 찡그리고서 중얼거리는 적시운.

망막에 비치는 생명체는 인간의 몸에 박쥐의 그것과 같은 검은 날개를 달고 있었다.

"당신들은 그렇게 일컫는 것 같더군."

의외로 선명하고 맑은 음성에 적시운은 조금 놀랐다.

"한국말을 할 줄 안다는 것도 놀라운걸."

"너희들의 원시적인 소통 체계를 체득하는 것쯤은 그리 어려운 일이 아니지."

"성격은 생긴 것답게 건방진 모양이네. 얼굴값을 한다는 거냐?"

전형적인 미남형의 얼굴에 실오라기 하나 걸치지 않은 나신임에도 외설적이라기보다는 그리스 시대의 조각상 같은 조형미가 느껴졌다.

"그건 그렇고 네놈은 뭐지? 인큐버스(Incubus)라도 되는 거냐?"

"아쉽게도 꿈에 기생하는 능력 같은 건 지니지 못했다."

"그래도 마수 놈들의 지휘관 격은 되는 모양인데."

"나는 그저 드높은 분을 모시는 종복일 뿐."

악마의 눈동자가 파충류의 그것처럼 번들거렸다.

"너희들의 방식으로 표현하자면 단탈리안(Dantalian)이라고 할 수 있겠군."

"아, 그러서? 근데 우리가 도란도란 담화나 나눌 때는 아닌 것 같은데?"

"문을 파괴하게 둘 수는 없다."

"둘 수 없으면 어쩔 건데?"

적시운이 오른손을 들어 올렸다. 순간적으로 전완근이 부풀며 엄청난 양의 공력이 집중됐다.

단탈리안의 눈동자가 희미하게 흔들렸다.

"조금 전, 전력을 다한 게 아니었군."

제57장
이세계의 구원자(1)

1

　그들이 태어난 곳은 어둠의 심연이었다. 심연은 애초부터 문명이라 할 만한 것이 생길 수 없는 공간이었다.

　끓어오르는 용암과 타오르는 유황, 자욱한 매연과 매캐한 독기에 뒤덮인 세계……

　생(生)의 가능성을 원천 봉쇄한 듯한 그 세계에 무언가가 살아 있다는 건 요원한 일인 것만 같았다. 그러나 그곳에도 생명은 존재했다.

　그 어떤 세계의 생명체보다도 강인한 육체와 체질을 지닌 존재들, 육신을 갉아먹어야 할 독소와 유해 물질을 통해 오히려 힘을 얻는 생명체, 지구의 기준으로는 마수라고 불리는 존재들이었다.

그중에서도 태생적으로 우월하게 태어난 이들이 있었다. 압도적인 육체와 빼어난 지능, 강력한 정신력과 이능력을 갖춘 지성체들……. 그들에겐 별다른 이름이 없었다.

다만 지구의 기준으로 보자면, 아마도 마족이라 불리는 게 가장 어울릴 것이었다. 그렇기에 그들의 삶은 비참했다.

언제나 핏빛 화염과 검은 독소로 얼룩진 세상, 그런 공간에 순응하며 살아가야 한다는 건 생명체에게 있어 저주나 다름없었다.

차라리 지성이 없는 마물은 편할 것이다. 자신들의 세계가 얼마나 절망스러운지도 모른 채, 그저 생각 없이 살아가다가 죽으면 그만이니.

미래가 없는 삶, 그저 부수고 죽이는 것 외에는 이룰 것이 없는 목숨……. 설상가상으로 수명마저 기백 년에 달했기에 그들의 고통은 더욱 클 수밖에 없었다.

그러한 무료함을 타파하기 위해 전쟁을 벌이기도 하고 광란의 살육제를 열기도 했다. 심지어는 자해, 나아가 자멸을 꾀하는 이들도 있었다.

이 지옥을 벗어날 수만 있다면 무엇이든 할 수 있다. 지성을 지닌 심연의 모든 존재가 그렇게만 되뇌던 어느 날…….

그가 찾아왔다.

"대체 뭐가 어떻게 된 거죠?"

차수정 일행은 당혹감과 의아함 속에서 아래를 내려다봤다.

그들 모두가 소용돌이에서 튀어나온 존재를 목도했다. 빠르게 쇄도한 그것이 적시운과 충돌하여 튕겨나간 것도.

그렉이 질끈 이를 악물었다.

"설마 게이트가 벌써 완성된 건……?"

"아직 술진은 완성되지 않았어요."

김은혜가 단언했다.

"하지만 미완성 상태, 혹은 소멸 과정에 있는 게이트로도 소수의 인원은 이동시킬 수가 있어요. 아마 시운 님이 이곳으로 돌아올 수 있었던 것도 그 덕분이었을 거예요."

"저놈 말고도 마수들이 튀어나올 수 있다는 뜻인가?"

"네, 그렇기에 여러분을 데려온 거랍니다."

"하긴 이상하다고 생각은 했었다. 매개체만 파괴하면 그만이었다면 적시운 혼자서도 너끈했을 테니."

"그런 것도 있지만, 저들은 결코 혼자서 대적할 수 있는 상대가 아니에요. 아무리 시운 님이라 해도……."

"그 정도로 강한가?"

"강하기도 하지만 무엇보다도 교활해요. 저들의 태생은
마(魔) 그 자체이니까요."

"이쪽 세계의 천마…… 제국의 황제처럼 말인가?"

너무 나갔다는 생각에 차수정이 눈총을 줬지만 그렉은 아
랑곳하지 않았다. 쓸쓸히 웃는 김은혜의 얼굴에도 섭섭한 감
정은 없었다.

"그래요, 그 사람처럼."

악마? 혹은 마족?

마수들을 이 세상에 풀어놓은 장본인. 세계 인구의 과반을
몰살시키고 인류 문명의 한 세기를 날려 버린 놈들.

그 수뇌부라 할 수 있는 적을 만났음에도 적시운은 그다지
긴장하지 않았다. 마음속은 오히려 평온하고 차분했다.

호흡을 할수록 단전의 기운이 펌프처럼 샘솟고 의식은 더욱
또렷해졌다.

[힘이 있기 때문이지.]

가만히 상황을 관조하던 천마가 말했다.

[자네가 그만큼 강해졌기에 두 손아귀로 무엇이든 이룰 수 있는 경지에 다다랐기에……]

적시운은 굳이 대꾸하지 않았다.

스스로 생각하기에도 그 말이 맞는 것 같았으니까.

'권력자들이 왜 타락하는지 알 것 같은걸.'

[하나 조심하게. 본좌가 추측컨대 저놈들은 교활하기 짝이 없는 것들이야. 자네의 심리를 알고서 그 틈새를 파고들려고 할 걸세.]

'황제…… 이 세계의 당신에게 그런 것처럼.'

[그렇다네.]

'해볼 테면 해보라……고 말하고 싶지만, 역시 좀 위험하겠지?'

그렇게 대꾸하는 것치고 어조는 가벼운 적시운이었다.

이미 에블린을 상대한 전적이 있는 만큼 정신 공격에 대해서도 어느 정도 자신이 있었던 까닭이다.

적시운은 단탈리안을 향해 말했다.

"어차피 네놈도 네놈의 동지들도 싹 뒈질 운명이지만, 하나만 묻자."

"무엇을 말이지?"

"네놈들, 왜 이런 짓을 저지른 거냐?"

적시운의 살기 어린 시선이 단탈리안을 위아래로 훑었다.

"생각도 없고 개념도 없는 괴물 놈들이라면 그럴 만도 하다

고 생각했었지. 눈에 뵈는 게 없어서 뭐든 때려 부수려 드는
게 괴물이란 것이잖아?"

"……."

"하지만 너희처럼 지성을 지닌 윗대가리들이 있다면 얘기가
다르지. 뭔가 이유가 있으니까 이 세계를 침공했다는 뜻이니.
나는 지금 그 이유를 묻는 거다."

"이유라."

단탈리안의 입매가 미묘하게 뒤틀렸다.

"우리는 그저 위대한 분의 의사를 따를 뿐이다."

"그런 헛소리나 지껄일 거라고 예상은 했지. 그래서 그 위대
하다는 놈은 어떤 새긴데?"

단탈리안의 눈매가 일그러졌다.

"감히 그분을……."

"아직 말 안 끝났으니까 닥치고 들어."

"……!"

"솔직히 말해서 그놈이 누구든 알 바 아냐. 어차피 족쳐야
한다는 사실은 달라지지 않으니까."

"……."

"뭐, 기껏해야 황제나 그와 비슷한 어떤 정신 나간 개자식일
테지. 안 그래?"

단탈리안은 당혹감 속에서 눈앞의 인간을 바라봤다. 그저

건방진 인간일 뿐이라며 무시하기엔 놈의 몸속에서 느껴지는 힘이 너무나 거대했다.

'마치 그분처럼……!'

시선을 떼려고 해도 저절로 놈의 오른손으로 향한다.

50㎝도 되지 않을 뼈대와 살점 덩어리에 뭉쳐진, 일대를 쓸어버리고 남을 만한 에너지.

"죽은 이들을 되돌릴 순 없지. 파괴된 문명은 언젠가 수복되겠지만 과거의 그것과 같은 모습은 결코 되찾을 수 없을 거다."

"……."

"하지만 최소한, 네놈들의 세계도 똑같이 만들어줄 수는 있겠지."

"뭣……?"

그 순간 뇌리를 스치는 한 가지 생각.

다음 순간, 단탈리안은 소용돌이 밑바닥의 결계를 방어하기 위해 몸을 날리고 있었다. 하지만 이번에도 적시운이 빨랐다.

번쩍!

십이성 공력이 담긴 권격이 수면을 향해 펼쳐졌다.

천공과 바다를 잇는 거대한 빛의 기둥! 흑청색 수라권강(修羅拳罡)이 소용돌이의 중심부를 관통했다.

촤아아악!

깊이 1㎞에 직경은 5㎞에 달하는 거대한 수중 공간이 한순간에 소멸했다.

단탈리안이 그 위로 몸을 날려 결계를 펼쳤으나, 적시운의 권강은 그를 결계를 지나쳐 그 뒤쪽의 바다를 강타했다.

그 찰나의 순간에 격산타우의 묘리가 발휘된 것이다. 홍해처럼 갈라진 바다, 그 안쪽 깊은 어둠 속에서 회전하는 광점들이 번뜩였다.

"지금이에요."

김은혜의 단호한 한마디.

긴장 속에서 대기하고 있던 차수정이 지상을 향해 손을 뻗었다.

촤아아악!

냉기의 폭풍이 맹렬한 기세로 내리꽂혔다. 이번에도 단탈리안이 방어하려 했으나 그새 날아든 적시운이 깍지 낀 두 손으로 후려쳤다.

쾅!

귀 떨어질 듯한 뇌성과 함께 튕겨져 나가는 단탈리안.

그사이 차수정이 방출한 냉기가 바다를 얼렸다.

쩌저저적.

얼어붙은 바다 한가운데에 뻥 뚫린 거대한 싱크 홀. 헨리에타를 비롯한 일행은 그 압도적인 광경에 감격마저 느꼈다.

"이제는 결계만 파괴하면 끝이군요."

"다른 마수나 마족이 나타나기 전에 끝내도록 해요!"

은여월이 독촉했다. 하지만 막무가내로 치고 들어갈 순 없었다. 언제 어느 시점에 적이 나타날지 모르는 데다 아직 적시운이 전투 중이었던 것이다.

"함부로 들어가다간 휩쓸리게 될 수도 있어요. 지금은 일단 상황을 좀 더 주시하죠."

차수정의 말에 반박하려던 은여월이었으나, 아래쪽에서 터져 나온 폭발을 보고는 입을 다물었다.

콰과과과!

잇따른 폭발이 단탈리안의 몸을 두들겼다. 체내까지 파고드는 충격량은 예상을 웃도는 수준. 단탈리안은 생전 처음 느끼는 극심한 격통 속에서 이를 악물었다.

"인간……!"

"닥쳐!"

쾅!

묵직한 권격이 정수리에 꽂혔다. 단탈리안의 관자놀이에 솟아 있던 뿔에 균열이 생겼다.

"크……!"

원래대로라면 몇 마디라도 나눈 후에 싸우게 될 줄 알았건만, 적시운은 그런 생각을 비웃기라도 하듯 문답무용으로 공격을 퍼붓고 있었다.

이러다간 죽게 생겼다. 심연의 끝에서 태어난 이래 처음으로 느껴보는 공포가 단탈리안을 휘감았다.

"우리의…… 목적이 궁금한 게 아니었나!"

"물어봤자 말하지 않을 거잖아? 그렇다면 왜 굳이 네놈하고 시간을 죽여야 하는데?"

"큭……! 그, 그건 해보기 전엔 알 수 없는 것 아닌가?"

적시운은 피식 웃었다. 그 웃음이 단탈리안에겐 짝을 찾을 수 없는 공포로 다가왔다.

"어차피 너 아니어도 지겨운 설명을 주절거려 줄 놈은 넘쳐 날 것 아냐? 저 게이트 건너편에 말이지."

"크윽!"

"그러니 이만 죽어! 난 지금 바쁘다."

적시운이 재차 권격을 뻗었다. 단탈리안은 순간적으로 날개를 펼쳐선 권강을 피했다.

준수하던 얼굴은 어느새 표독스러운 살기를 뿜어대고 있었다.

"인간 따위에게 쉽게 죽어줄 성싶으냐! 나는 나인 헬(Nine Hell)의 자작! 심연의 군주다. 내가 첫 번째로 게이트를 넘어온 건 그만큼 나의 힘이……!"

서걱!

단탈리안의 외침이 순간 멎었다. 그의 뒤로 펼쳐진 바다가 좌우로 쩍 갈라졌다. 이윽고 그의 육체 위로 새빨간 혈선이 선명하게 나타났다.

"뭐······?"

쩌적, 쩌저적.

서서히 양쪽으로 갈라지는 몸뚱이.

단탈리안은 멍해진 얼굴로 두 팔을 허우적거렸다. 갈라지는 몸을 손으로 잡아 붙이려는 것이었으나 당연하게도 될 리가 없었다.

"끄······?!"

초점을 잃고 사방으로 구르는 눈알 그 안의 눈동자, 단탈리안의 시선이 마지막으로 닿은 곳엔 적시운이 있었다.

어느새 오른손에 탐랑을 들고서.

"꺼······!"

푸확!

검붉은 피 안개를 토하며 단탈리안의 육신이 산산이 흩어졌다. 적시운은 가볍게 손목을 틀어 탐랑에 묻은 피를 털어내려 했다. 하지만 칼날은 어느새 핏방울을 모조리 흡수한 뒤였다.

"이름값 하네, 그놈."

어깨를 으쓱인 적시운이 시선을 돌렸다.

차수정 일행은 조금 떨어진 위치에서 이쪽을 응시하고 있었다.

어떻게 해야 할지 지시해 주길 기다리고 있는 듯했다.

[순리대로라면 이대로 술진을 파괴하는 게 답이겠지만…… 어쩔 텐가?]

"……."

적시운은 바로 대답하지 않은 채 아래쪽을 응시했다.

입을 쩍 벌린 마수처럼 도사리고 있는 무저갱, 그 깊은 어둠이 적시운을 향해 손짓하는 것 같았다.

이윽고 마음을 정한 적시운이 신형을 쏘았다.

밑바닥을 향하여.

2

얼어붙은 바다, 거대한 소용돌이가 있었던 자리에는 끝이 보이지 않는 무저갱만이 있을 따름이었다.

그 쩍 벌어진 암흑 속으로 적시운이 신형을 날렸다. 상황을 관망하던 차수정 일행도 그 모습을 보았다.

"선배가 직접 술진을 파괴하려는 걸까요?"

"그게 아니에요."

"그렇다면……?"

대답하지 않은 채 침묵하던 김은혜가 일행을 돌아봤다.

"시운 님이 처음부터 그럴 생각이었는지, 아니면 조금 전 돌연 마음을 정한 것인지는 모르겠어요. 하지만 제 추측이 맞다면, 여러분의 역할이 무척 중요할 거예요."

"네?"

"여러분은 지금부터 술진을 지켜야 해요."

일행은 당혹감 속에서 서로를 돌아봤다.

"부수기 위해 찾아온 것을 지켜야 한다고요? 대체 왜……."

헨리에타가 말끝을 흐렸다. 김은혜의 말뜻을 알 것 같았기 때문이다.

"넘어가려는 거로군, 차원 게이트를."

그렉의 혼잣말을 듣고 나서야 다른 이들도 상황을 이해했다.

"잠시만요. 그러니까 오히려 저쪽 차원으로 넘어갈 생각이라는……?"

팟!

차수정과 헨리에타, 그렉이 누가 먼저랄 것 없이 시선을 틀었다. 피부를 에는 듯한 살기를 감지한 것이다.

스스스스.

동쪽, 망망대해의 수평선 위로 어른거리는 거뭇한 그림자.

얼핏 봐선 먹구름이라고 착각할 수도 있을 법한 그것은 대규모의 마수들이었다.

"아직도 저만큼이나······?"

"앞서 덤빈 것들은 비행형 마수들이었어요. 저것들은 달라요. 개체 수만 따지자면 그 몇 배에 이르는 해양 마수들이에요."

"잠시만요, 그렇다는 건······!"

쿵!

얼어붙은 바다의 끄트머리에서 굉음이 울렸다. 간신히 얼려 놓은 빙해가 쩌저적 갈라지는 가운데 물줄기가 거세게 솟구쳤다.

날뛰는 것은 더블 A급 대형 마수인 리바이어선(Leviathan).

그 외에도 엄청난 수의 마물이 물살을 튀기며 빙해로 몰려들고 있었다.

"구멍을 수몰시키려는 거예요!"

얼음벽이 깨지면 적시운이 있는 곳으로도 바닷물이 들이닥칠 터. 그 정도에 적시운이 어찌 되지는 않겠지만······.

"만약 마수를 지배하는 자들이 지금 상황이 어떤지를 파악했다면, 그리고 그에 맞춰 계획을 변경했다면."

김은혜의 목소리가 불안하게 떨렸다.

"마수들은 게이트를 파괴하려 할 거예요."

앞서 나타난 인간형 마수는 결코 약하지 않았다. 아마 놈이 혼자 나타난 것도 나름대로 자신이 있었기 때문일 것이다. 하지만 그런 마수조차 적시운에게 일도양단당했다.

적시운의 전투력은 저들이 생각하는 수준을 한참 넘어서고 있었던 것이다. 정말 그런 거라면 오히려 자기네 본진을 걱정해야 할 판이었다. 게이트로 마수들을 전이시킨다는 본래 계획을 밀고 나갈 리가 없었다.

"어쨌든!"

탕!

리바이어선 쪽으로 사격을 가한 헨리에타가 소리쳤다.

"우선은 저것들을 막기로 해요! 여월 당신은 일본 쪽에 지원을 요청하고, 수정 씨도 권 의원님 쪽에 상황을 알려요!"

"아, 알겠습니다!"

"지금 바로 연락할게요."

"그렉은 은혜 씨를 지켜. 엘레노아라고 했죠? 오리지날 데몬오더 출신이라면 전투엔 자신이 있겠죠?"

"네, 물론이에요!"

약간은 들뜨기까지 한 얼굴로 엘레노아가 말했다. 은근히 천진난만한 표정인지라 괜찮을까 싶기도 했지만, 지금은 찬물더운물 가릴 처지가 아니었다.

"그럼 가죠!"

"제가 앞장설게요. 헨리에타 님은 중장거리 저격이 특기이신 것 같으니."

괜찮겠냐고 물으려던 헨리에타는 엘레노아가 곧장 허공을

박찬 순간 질문을 도로 삼켰다.

'빠르다!'

파앙!

엘레노아는 파공성을 만들며 마수들에게로 돌진했다. 오른손에는 어느새 잘 세공된 장검을 들고 있었다. 천마신교의 옛 주조법을 그대로 따라 만들어진 마검이었다.

우우우웅!

금빛 검강을 머금은 검신이 날카로운 검명을 토해냈다.

빙해에 착지한 엘레노아는 우아하게 미끄러지며 횡으로 검을 그었다.

파밧!

부채꼴로 펼쳐진 검강이 빙해 위로 날아갔다. 정확히 그 너머, 막 수면 위로 솟구치던 리바이어선과 마수들을 노린 검격이었다.

초대형급에 속하는 리바이어선은 별다른 타격을 입지 않았으나, 그 근처에서 날뛰던 잔챙이들은 그대로 잘려 나갔다.

헨리에타도 빙해 위로 착지했다. 아무래도 경공을 펼치는 동안엔 조준에만 100퍼센트 집중하기가 어려웠던 까닭이다. 비교적 높이 튀어나온 지점에 자리 잡은 헨리에타는 곧장 엎드려 쏴 자세를 취했다. 가슴과 허벅지가 차갑게 젖어 들었지만 그다지 개의치 않았다. 이보다도 혹독한 환경에서도 저격 임무를 수행해 온 그녀였다.

탕! 탕! 탕!

메트로놈(Metronome)처럼 정확한 템포로 발사되는 탄환들은 이제 탄강(彈罡)이라 불려야 할 기운을 머금고 있었다. 날아간 총탄이 마수들의 급소를 어김없이 관통했다.

그럼에도 빙벽을 공격하는 마수들은 여전히 많았다. 더군다나 그녀들이 처리 중인 것은 수면 근처의 일부뿐이었다. 더 많은 숫자의 마수들이 높낮이 1㎞에 달하는 수중에 분포되어 있었다.

"빙벽을 강화하겠어요!"

뒤따라 착지한 차수정이 빙해 바닥에 손바닥을 붙였다. 그녀에게서 흘러나온 막대한 냉기가 빙벽을 한층 강화시켰다.

엎드려 있는 헨리에타는 물론이고 끄트머리에서 전투 중이던 엘레노아도 빙해의 변화를 체감했다.

"대단하시네요, 차수정 님!"

싸우는 와중에 몸을 돌리고서 손을 흔드는 엘레노아.

그런 그녀의 배후를 노리고서 리자들링(Lizardling)이 창날을 뻗었지만 엘레노아는 보지도 않고서 피했다. 이어서 춤을 추듯 회전하며 리자들링 무리를 일격에 베어 넘겼다.

"당신도 대단하긴 마찬가지인데."

"칭찬 감사해요!"

들리지도 않을 것 같은 거리인데도 엘레노아가 득달같이 대답했다. 차수정도 헨리에타도 새삼 자신들이 초인임을 체감하고는 쓴웃음을 주고받았다.

"하긴 그간 쌓은 경험치도 보통은 아니겠죠. 저나 헨리에타 씨나."

"그것도 그렇고, 마수들도 생각보다는 힘을 쓰지 못하는 것 같군요."

"예기치 못하게 불리한 환경에 처했기 때문이죠."

김은혜의 음성이었다. 돌아보니 그녀를 업은 그렉이 바닥으로 착지한 뒤였다.

"저 마수 대부분은 태평양 중앙 지역을 보유 영역으로 삼고 있어요. 다시 말해 열대 기후에 최적화된 부류라는 거죠."

"아."

그런 놈들에게 있어 사방이 얼어붙은 빙해 동토는 최악의 환경일 터. 더블A급으로까지 분류되는 리바이어선이 생각보다 힘을 못 쓰는 것도 그 때문인 듯했다.

"오호츠크해(Okhotsk海) 같은 북쪽 해역에선 몰려오지 않은 걸까요?"

"아예 없진 않겠지만 있더라도 소수에 불과해요. 대체로 마수들은 추운 환경을 꺼리는 성향이 강하거든요."

"그랬나요?"

"네, 그들의 고향을 생각한다면 당연한 일이랍니다."

"그곳이 대체 어떤 곳이기에……?"

"저도 직접 가 본 것은 몇 번 되지 않아요. 그래도 설명하기는 어렵지 않아요. 성경이나 불경에 등장하는 불지옥의 묘사와 거의 일치하거든요."

"불지옥……."

차수정이 말끝을 흐렸다. 새삼 상기하게 된 사실 때문이었다.

"시운 선배는 그런 곳으로 가려는 거군요."

적시운은 어둠 한복판에 서 있었다.

해저의 밑바닥에 다다르자 본디 소용돌이가 있었던 곳이라 그런지는 몰라도 물고기 한 마리 파닥거리는 소리조차 들리지 않았다.

무음(無音), 그리고 무광(無光)의 공간.

소용돌이가 사라진 공간에는 빛살 하나 존재하지 않았다.

원래대로라면 분홍빛을 뿌리고 있어야 할 술진이 모조리 꺼져 버린 까닭이다. 물론 적시운도 천마도 그 이유를 잘 알고 있었다.

[야아빠진 놈들, 위험하겠다 싶으니 곧바로 술진 전개를 중단했구먼.]

천마가 끌끌 혀를 찼다.

[자네한테 두 쪽이 난 그 기생오라비 놈이 꽤 하는 실력자였던 모양이군?]

"그럴지도? 아니면 넘어오기 전에 고생 좀 해보라는 건지도 모르지."

[그래, 어찌할 텐가?]

"당신과 만난 다음 이쪽 세계로 되돌아오던 때의 상황, 기억해?"

[어제 일처럼 기억하고 있지.]

"그때 소림사의 중이 했던 말이 있어. 당시엔 정황이 없어서 그냥 넘어갔었지만 말이야."

[본좌도 기억하네. 밀교나 사교의 술법과 비슷하다고 했었지, 아마?]

"그 뒤에 했던 말이 더 있어."

[그랬었나?]

"응, 자기네가 그걸 재현할 수 있을 것 같다고 했지. 실제로도 해냈고."

[흐음…….]

"그땐 별생각이 없었는데 김은혜의 설명을 듣고 나니 알겠더라고. 애초에 둔갑진이라는 건 다들 비슷한 공식을 따르고 있잖아? 사교의 술진이니 뭐니 하는 건 그 어레인지인 거고."

[흐음.]

"그러니까…… 당신의 기억 속에도 비슷한 공식이 남아 있을 거란 말이지."

[그래서 본좌더러 그걸 찾아 달라?]

"아니."

적시운은 손을 뻗었다.

"빛이 있으라."

어둠뿐이던 공간 속에 자그만 광체가 생겨났다. 비린내 가득한 해저의 밑바닥이 그 민낯을 드러냈다.

암흑이란 이름의 바다 위에 홀로 서 있는 등대 하나. 이윽고 적시운의 손아귀로부터 은은한 기운이 흘러나와 바닥을 타고 흘렀다.

우우우웅.

무질서하게 바다를 흘러 다니던 빛의 줄기들이 차츰 일정한 형태를 구축하기 시작했다. 이윽고 그것은 원래 존재하던 술진의 형상과 얼추 비슷한 모양새를 갖추었다.

[호오…….]

"조금 전까지만 해도 실제로 기운이 흐르고 있었으니까. 그걸 없앴다고 해도 얼마간은 흔적이 남아 있게 마련이거든."

[과연, 그 자취를 따라서 내공을 흘려보낸 거군. 자네의 기운을 연료 삼아 술진을 재가동한 게야.]

"재가동까진 아니고 모양새만 갖춘 거지. 다만 거기에 당신의 지식이 더해진다면……."

[술진이 되살아난다는 게지.]

"할 수 있겠어?"

[같이 지낸 기간이 얼만데 아직도 그런 바보 같은 질문을 하는 겐가? 이쯤이야 본좌에게는 쥐뿔도 아니지!]

"그래그래, 알았으니까 얼른 게이트나 열어 봐."

[잠깐만 시간을 주게.]

적시운은 팔짱을 낀 채 느긋하게 기다렸다. 먼 위쪽으로부터 연신 굉음이 메아리치고, 이따금 얼음 파편이 추락해선 요란한 소리를 내며 깨져 나갔다.

그럼에도 적시운은 느긋하게 기다렸다. 예전이었다면 온몸의 촉각을 곤두세웠을 테지만, 이제는 아니었다.

[알아냈네, 보아하니 태극팔쇄진(太極八鎖陣)을 기반으로 한 술진 같군.]

"좋아, 문을 열도록 해."

[그러지, 마음의 준비는 하지 않아도 되겠나? 어떤 난장판이 눈앞에 펼쳐질지 알 수 없는데 말이야.]

"준비라면 이미 충분히 해뒀어, 열어!"

우우우우웅!

눈앞의 공간이 절개된 것처럼 갈라졌다.

그 너머로부터 불어닥치는 작열의 돌풍.

차원의 벽 너머로 펼쳐져 있는 세계는 불바다와 뇌운, 괴물들이 어우러진 지옥도(地獄道)였다.

상상해 온 것 그대로의 판데모니엄(Pandemonium).

그 앞에서 적시운은 웃었다.

"이쯤은 되어야지."

to be continued

쥐뿔도 없는 회귀

목마 퓨전판타지 장편소설

불친절하기 짝이 없는 이세계 '에리아'.
그곳에 소환된 '이성민'.

13년의 생활 끝에 죽음을 맞이한 그에게
또 한 번의 기회가 주어졌다.

재능이 없다.
그러나 그에겐 13년의 기억이 있다.

우연처럼 엮인 필연이, 그리고 목적이
그를 앞으로, 더 높은 곳으로 나아가게 한다.

이성민은 무엇을 바라였는가.
무엇이 되고 싶었는가.

"나는 다시 살아가 보고 싶다.
전생보다 나은 삶을."